KB215248

꼭 안아주기

꼭 안아주기

주선옥

청어

이름 없는 악기들의 소리를 듣는 밤

김행숙(시인)

안녕, 선옥.

선옥은 '안녕'이라는 말이 만남의 인사로 건네질 때도, 작별의 순간에서 발음될 때도 다 좋다고 했습니다. 그게 같은 말이어서 참 좋다고 했습니다. 그래서 다시, 선옥이 좋아한 단어를 입술에 얹어봅니다. 오늘은 풀피리를 부는 기분으로. 안녕, 선옥.

그립고 그리운 선옥. 선옥은 멋진 웃음소리를 가졌습니다. 선옥이 웃음을 터뜨리면 주위의 공기 입자가 일제히 들썩이고 탭 댄스를 추기 시작하는 것 같았습니다. 선옥은 없지만 나는 선옥의 웃음소리를 듣곤 합니다. 이 세계의 공기 속에는 선옥의 웃음 분자가 남아 있어 세상의 작은 골목들을 흘러다니다가 내 귓가에 닿기도 하는 것입니다. 어떠한 슬픔 가운데서도 모닥불을 지펴 삶이 시린 사람들을 모으던 선옥, 그런 선옥을 그대로 닮은 웃음입니다. 운이 좋아서 선옥의 웃음소리를 듣게 되면 길을 가다

가도 잠시 멈춰 크게 숨을 쉬어봅니다. 우리는 숨을 섞고 나누는 사이입니다. 선옥은 시에 썼습니다. "나는 순간입니다// 꿈, 몸, 숨 같은 것에 숨어들기도 합니다"(「현재 유령」).

선옥과 나는 학생과 선생으로 만나 시간을 쌓으며 벗의 우정을 나누게 되었습니다. 헤아려보니 그 시간이 거의 이십 년입니다. 내가 가장 잘 아는 선옥은 시를 쓰는 사람이었습니다. 한 손이 아니라 두 손으로 시를 쓰는 사람이었습니다. 선옥이 마음을 써서 하는 일은 전부 "두 손을 모으면 할 수 있는 것"(「안부」)이었습니다. 선옥을 따라 "두 손을 모으면 할 수 있는 것", 그것이 지금은 선옥의 원고를 정리하는 것이었습니다. 흩어진 원고를 모으고, 가려내고, 다듬어 책을 내는 과정에서 선옥을 사랑하는 여러 친구들이 기꺼이 마음과 손을 모아주었습니다. 선율, 지은, 설빈, 유정, 은, 성희, 안아, 혜인, 창근, 말복…… 선옥으로 이어져 있어서 당신은 어제보다 사랑스러웠습니다.

옆집 창문에 귀를 기울이는

"그애가 온대요"
꼭 안아주기

서쪽 끝까지 안아주기
그림자가 사라질 때까지 안아주기

—「구름 놀이」에서

선옥이 알려주었습니다. 세상은 이름 없는 악기들의 음악 소리로 가득하지만 사랑이 없으면 들을 수 없다고. 선옥은 이 악기를 다루는 법에 대해 알려주었습니다. "비를 두드리듯이 두드려야 해요. 숨을 쉬듯이 숨을 불어넣어야 해요. 사랑하는 사람을 매만지듯이 짚어줘야 해요."(「숨―여기에서 가장 먼 곳」)

그녀가 알려주는 '악기 사용법'을 읽다가, '비**를** 두드리듯이 두드려야 한다'는 첫 번째 단서는 '비**가** 두드리듯이'의 오타가 아닐까, 처음엔 단순히 그렇게 생각했습니다. 그러나 선옥에게 물어볼 수 없었습니다. 나는 저자가 영영 부재한 상태에서 오직 텍스트에서 저자의 '손끝에 남아 있는 문장'을 읽으려고 애쓰며 2024년 여름과 가을과 겨울을 보내고 2025년 2월을 지나가고 있습니다. 온전히 그 마음의 지문을 읽어내지 못할 것이 분명해서 내게는 어려운 시간이었습니다. 그러나 그런 밤들을 보내며 선옥이 살아 있을 때보다 더 많은 말을 나눈 것도 같습니다. 다시 읽고, 다시 선옥의 행간을 살피다가, 비'를' 두드리듯이 이름 없는 빗방울들의 소리에 참여하는 것이 선옥의 방식이라고 생각하게 되었습니다. 떨어지는 빗방울들이 한 방울 한 방울의 힘으로 사물을 두드릴 때, 바로 그 순간 이 세계의 모든 물상도 동시에 이름 없는 빗방울들을 두드리고 있는 거라면, 필시 선옥은 빗방울을 맞이하는 사물들의 환대에 더 귀를 기울였을 것입니다. 강물에 떨어지는 빗방울과 양철지붕에 떨어지는 빗방울은 다른 소리를 냅니다. 여름날 당신의 맨살에 토도독 떨어지는 빗방울과

늦가을의 거리를 바람에 쓸려다니는 낙엽이 받아내는 빗물과 겨울 외투에 차갑게 쓰러지는 비가 모두 다른 소리를 만들어낸다는 것, 그 몸들이 모두 악기라는 것, 악기는 몸과 몸의 만남이라는 것, 그것이 선옥이 듣는 음악이었을 거예요.

선옥은 자신의 몸을 악기로 만들고 싶어했습니다. 시와 희곡과 노랫말을 쓰고, 연기를 하고, 노래를 부르며 이 세계에 온몸으로 참여하고 질문을 던지고 사랑했습니다. 선옥은 '쓰고 노래하고 사랑하는' 행동과 실천에 자신을 일치시키고자 내내 투쟁했습니다. 선옥은 주어의 자리가 아니라 서술어의 자리에서 선옥이었습니다. 선옥은 '동사(動詞)'였습니다. 순수하게 동사적인 삶의 시간에게 이름은 없습니다. 선옥이 쓰고 무대에 올리지 못한 마지막 희곡 작품 「숨—여기에서 가장 먼 곳」에는 슬프고 다정하고 신비로운 악기 수리점이 나옵니다. 간판에 이름이 없는 악기 수리점입니다. '이름 없는' 이곳은 특정한 상업 공간이 아니라 나와 당신이 살아내는 실존의 무대입니다. 선옥의 시 곳곳에서도 '이름 없는 가게'들이 발견됩니다. 이름 없이 존재하는 것들, 거의 보이지 않고 거의 들리지 않는 것들에게로 선옥은 향합니다. 마치 집으로 돌아가는 발걸음 같습니다. '이름'이 아니라 '있음'을 발견하는 선옥의 눈, 나는 선옥의 글에서 그 사랑의 눈빛과 마주하곤 했습니다. 선옥이 '잘 있다'고 말해주는 것 같았습니다.

선옥이라는 공명판을 통해서 이름 없는 악기들의 소리를 듣는 밤입니다. 문득 동주의 「별 헤는 밤」처럼 "가난한 이웃 사람들의 이름과, 비둘기, 강아지, 토끼, 노새, 노루, 프랑시스 잠, 라이너 마리아 릴케 이런 시인의 이름"을 불러보다가, 주, 선, 옥, 세상에서 가장 멋진 웃음소리를 가졌던 천상 시인의 이름을 불러봅니다.

동주 이야기를 선옥과 나눈 적이 있습니다. 사후에 전설이 된 동주가 아니라, 오로지 무명인으로 시 쓰는 삶을 살았던 동주. 동주는 '시 쓰는 사람'이 되고자 했습니다. 식민 정책에 의해 소멸의 위기에 놓인 조선어로 시를 쓰는 사람이 되려고 했고, 그런 사람으로 마지막까지 살다 갔습니다. 연희전문학교 졸업반이었던 1941년 11월 어느 날 그는 가리고 가린 열아홉 편의 원고를 묶어 '하늘과 바람과 별과 시'라는 시집을 내고자 했지만, 시절이 허락하지 않아 끝내 출간하지 못했습니다. 험한 시절을 통과하며 살아남은 자가 지켜낸 한 부의 필사본만이 남아 있을 뿐입니다. 동주 사후에 가족과 친구들이 뜻을 모아 낸『하늘과 바람과 별과 시』라는 시집은 윤동주 전집에 가까운 것이었으니, 열아홉 편의 첫 시집『하늘과 바람과 별과 시』는 이 세상의 어떤 서점이나 도서관에서도 찾을 수 없습니다.

선옥과 함께 동주를 자꾸 생각하게 되는 것은, 동주 자신의 삶을 보살핀 무명의 글쓰기에 대한 감동 때문입니다. 선옥을 생각하면 밀려드는 감동이 같은 것입니다. 세상에는 유명한 동주 때문이 아니라 무명한 동주'들'이 있어서 지켜지는 어떤 아름다움과 고결함이 있습니다. 실로 시를 쓰는 시간은 이름 없는 무명의 시간입니다. 시를 읽는 시간이 또한 그러합니다. 이 세계에 그런 시간이 있어서 참 다행입니다. 선옥이 있어서, 세상은 조금 더 아름다웠습니다.

"내 방은 옆집에 있었다"(「어린 날의 밤」)고 선옥은 말했습니다. 이제 이 세계는 선옥의 옆집입니다. 선옥의 옆집에 사는 모든 사람에게 선옥의 웃음 입자가 닿았으면 좋겠습니다. 이 책을 읽는 모든 사람이 선옥의 작은 기척을 느꼈으면 좋겠습니다. 선옥에 닿으면 나도 당신도 어제보다 다정할 것입니다. 우리는 숨을 섞고 나누는 사이입니다.

차례

"그애가 온대요"
꼭 안아주기

서쪽 끝까지 안아주기
그림자가 사라질 때까지 안아주기

—「구름 놀이」에서

나무 연습

나무 1 역할을 맡은

아이는

팔을 벌린다

고도를 기다리며

선명해지는 가지

손을 잡으면 풀냄새가 났다

어린 날의 밤

내 방은 옆집에 있었다

마술 같은 이야기가
상상 속에서 구불거리는 오솔길을
만드는 밤이었다

창문 아래로 긴 담이
모두가 기대기 좋게 비스듬히 서 있었다

헤어짐이 아쉬운
젊은 연인들은 키스를 나누었다

그뒤로 그 벽에 기대는
많은 이야기를 엿볼 수 있었다

달을 채워갔다

한밤의 주기율표

밤은 주기적으로 찾아와

밤을 기다려 잠들게 하나니

언제나 찾아오는 밤이

천천히 어딘가로 가고 있었다는 것을 보다니

봄의 끝에서 겨울의 시작까지

네 개의 초를 바라보다 마지막 다섯 번째 초에 불을 켜지

못했어

각기 다른 언어로 된 자장가가 들려오고

목소리는 하나에서 열 개로 다시 열 개에서 하나로

담요를 덮고 몸을 뒤집는다

기가 막히게 밤은 주기적으로 찾아와

또다시 꿈속이라니

느낌에 기대어 말하는 사람

마침표를 기다리는

가장 오래된 이야기를 꺼내보기 위함이야

회상보다 꿈이 더 생생하게 살아 있음에

밤의 주기성을 향해 외친다

어떤 존재도 시간 안에 있을 수밖에 없어

그 절망 안에 살 수밖에 없어

없어

모두 없는 밤 속으로 또다시 미끄러지다니

물음표는 물음표처럼 어렵고

느낌표는 느낌표처럼 선명하다

비의 놀이터

구름이 버섯 모양으로 피어나고
우산을 펴면 우산 아래서
꽃병에 남은 물냄새가 났다

비 오는 날에 모여드는 세상

가끔, 다리가 세 개인 아이들이
아파트보다 높은 울타리 너머로
눈을 깜빡거리며 말했어
내 다리를 한 개 너에게 줄게
네 눈 한쪽에서 잠시 놀다 가게 해줘

빗속을 뛰어다니는 에너지는
휘청거려도 아름다웠어

오후 네 시에 아침을 먹고
삼십 분 뒤 모두 잠들었다

지금부터 우리는 소리 내지 않는 놀이를 하는 거야

그 대신 모여드는 소리를 듣기로 하자

얼굴이라고 쓰고
사람이라고 읽는
목소리

우에우에
동굴을 빠져나오는 메아리처럼

메아리의 귀를 본 적이 있니?
귀를 찾기 위한 술래잡기가 시작되고

메아리의 손을 잡고 걷다가
아직 잠들지 않은 아이를 업고
밤이 온다

긴 낮잠을 다시 재우기 위해
걷는 시간
자장자장

꿈을 꾸면 메아리의 귀를 찾을 수 있을 거야
자장가 소리가 놀이터를 한 바퀴 돈다

외발로 저어가는
회전 놀이기구는 이름이 없대
가여워 불러줄 친구가 없잖아
내일은 이름을 지어보자

남겨진 곳에서
떠난 이야기들은 계속되고 있다

약속이 없는 곳
웅덩이는 흔들림 없이
공간을 만들고
비를 채울 거야

난간을 잡고 있다가
한쪽 눈이 마주치면

입 모양만으로 알고 싶은 세계를 부르고

문을 열고 나와

구름 놀이

회색 물고기가 삼킨 여름 하늘에
까치발로 서 있기

비를 받아먹는 아이의
입술을 기억하기

모두
모두가 서쪽으로 걸어가는
여름 해를 바라보고 있기

기울어지는 것들에는
이유가 있다
합창을 한 뒤

낮잠을 자거나
하품을 하거나
옆집 창문에 귀를 기울이는

"그애가 온대요"

꼭 안아주기

서쪽 끝까지 안아주기
그림자가 사라질 때까지 안아주기

'□'의 골짜기에서 슬픔이 고장나

미음이 움직여서
살짝 기대 잠들려고 눈을 감았지
옆에 있는 건 너였는데
나는 기울고 싶지 않았는데
찔끔 미음이 시작되고 있어서

가령, 뾰족하게 꺾인 슬픔을
미음이라고 불러봐
딸랑 소리 나는 쪽으로
고개를 돌리면 문이 흔들리는 것

놀이터에서 등을 맞대고 앉아
각자의 핸드폰을 두드리는 손가락

없던 멜로디를 만들어낼 것만 같아
잠시 귀 기울여봐

어쩌면 한 번쯤
우리가 모르는 사이

서로의 미음이었을 수 있다는 생각이 들어

다시 찾아갈 수 없는 골목에서

만났을 것도 같은

미음 하고

발음하면

동그랗게 떠오르는 것들을

손끝으로 톡

터뜨리면서

사진 밖의 사람처럼

뾰족한 소리들을 모으는 중이야

어느 날 비가 와서

우르르 씻겨나온 미음들이

골짜기에 모여드는 소리

골짜기가 없는 메아리를 생각해낸 거야

어디에도 부딪히지 않는

돌아오지도 않는

아마 잊었을 거야
아직도 잊히지 않는 미움들을

똥

누나 조용하더라 그래서 똥 싸는 줄 알았지
난 밖에서 똥 안 싸
여자들은 그러더라
뭐 급하면 아무데서나 싸는 거지

나 옛날에 영동대교 밑에서 쌌어
진짜?

기둥 있잖아 큰 기둥 거기로 가서 일단 빡! 했지
근데 닦을 게 없잖아
그래서 양말을 벗었지
그럼 또 인생이 달라져

어 한강에 똥 한번 싸야겠다
새로운 길이 열리는 거 아냐

좋은 데 가서 똥 싸면 기분이 좋지

오래된 단위

나는 그 바다에서 쓸 만한 내장을 거느리는 데
오랜 시간이 걸렸다는 한 오징어의 내부와 만났다

말린 오징어를 세는 데 쓰는 단위는 축
스무 마리를 손에 들고 나니 오늘의 장보기가 끝났다

장보기 목록에는 이런 말들이 적혀 있었다
바다를 오래 여행한 오징어의 내부가 내게 흡수되는
기이한 혼돈을 꿈꾸었던 때가 있었다는 것
오징어의 내장이 허옇게 질려 외부로 흘러나오고 있었기에
그 배설이 가진 힘을 가져보고 싶었던 시간 또한 살았다는 것

저 내장은 병들어도 쉽게 발견될 수 있으니
치료도 빠를까

타국의 언어를 처음 들었던 날과
모국어를 처음 발음하던 날의 낯섦이 다 저기 있었다

병들지 않은 몸은 시를 쓸 수 없다

는 어쭙잖은 낙서를 갈겨놓은 종이를 씹어 삼켰다

다시 내장의 외부로부터 들려오는 소리가 있다

배꼽을 찾아서

무뇌아의 울음소리

운다는 건 몸으로 하는 거였어

아담과 이브는 태초의 인간이라
배꼽이 없어
슬펐어

고아의 잠

우리 집 굴뚝은

투명한 유리잔 같아서

방금 받은 이 삶이

반쪽으로 갈라져나가는 소리가 들려온다면

곧 거울이 깨질 시간

목소리가 알려준 모르는 것들을 알고 싶어져요

지금은 거울로 보는 것같이

우리가 지금은 거울로 보는 것같이 희미하나
그때에는 얼굴과 얼굴을 대하여 볼 것이요
─고린도전서 13장 12절 전반절

거울을 닦는다
네가 손을 흔든다

물었다
거울 속의 나는 누구의 나인가요

거울 속에 창이 있고
그 너머에 내가 있고
창을 두드리는 네가 비쳤다
네가 바라보는 핸드폰 안에 내 지문이 묻어 있고
그 순간을 기억하는 너의 발가락이 움찔할 때

개미의 머리, 가슴, 배는 끊어졌다
개미의 눈동자에 네가 비친다

개미가 너에게 물었다
나를 밟은 것이 너인가요,
너의 눈동자 위의 나는
누구의 나인가요,

,

,

발등이 굽는다
휘어지는 질문들이 걸어나온다
거울처럼 희미한 질문들

다가간다 가까이
네가 문을 연다

너는 거울을 껴입은 채로
내 얼굴은 어디에 있나요
물었다

너의 지문이 내 얼굴에 스쳤다
나는 얼굴을 쓸어내린다
물었다
어디의 나인가요
어디에, 나, 있나요?

창문처럼 선명한 대답이
너의 눈동자 속에 비쳤다가 사라진다

거울 안에서 일어나는 일들이 희미하게
나를 비춘다

네가 땅을 다지고 있다
내 심장은 쿵쿵 울리고

2021년 본인상
— 역병의 시대, 애도를 금함

너는
직접 초대 명단을 추렸을까
꿈속의 전화벨 소리가 너무 크다
꿈 밖으로 걸어나왔다

장례식장의 구두와 운동화
슬리퍼
너의 본인상 문자를 받아 들고
문득 내 발이 없어졌다는 사실을 알았다
나는 걸어가기를 포기한다

그날 장례식장에는 대부분의 슬리퍼와
한둘의 맨발이 있었다
아무도 구두를 꺼내오지 못했다

한동안은 모두가
발신자 없는 소문을 이유로 울었다
울면서 밤새 마셨다

영업금지 시각을 지나

스스로 불법영업을 허락한 지하 술집에 모여서

밤에 모여서 우는 일을

금지하는 법이 있을 수 있냐는 이유로

또 마셨다

우리는 모두 안티고네를 생각했다

그런 밤에

더이상 쪼개질 수 없는 단위로 누워 있는

너의 몸을 생각했다

나는 밤마다 근시의 눈으로

원자의 무게를 바라보았다

삶은 모래

대형 브라운관 속
바스락거리는 말들을 입안 가득 넣고
기후변화 대책회의를 위해 모인
단백질 형체들이 단백질을 꼭꼭 씹어 삼키며
이산화탄소를 탄생시킬 때

그는 그의 바스러지는 몸을
소비하는 형태로 살았다

사무실 슬리퍼 속
발가락 사이로 모래가
모래가 밟힌다
대체 어디서 떨어진 모래지?

모래를 삶아서 구워 먹으리
구워서 먹으리

손에 잡은 모래는 여전히
잡히지 않고

줄줄 새어나간다

흩어지지 않기를 간절히 바라며
모래를 삶으러 집에 가는 길

새어나간다
줄줄

월급은 통장을 스칠 뿐
머무르지 않는다
라는 문장이 인간 생활의 유형을 대변하는 때

지하 노래방으로 들어간 그는
삶은 모래를
입안 가득 넣고 노래를
불러본다
아―

새우깡을 집다가

주먹을 꼭 쥐어본다

어차피 털어버려야 할 것들이었군

노래 한 마디를 부를 때마다

그의 몸 한 마디가 날아간다

모래는 바람을 따라 이동한 것이었군

지도가 소용없는

삶은 모래

퇴근길, 역류하는 모래를 삼키기 위해

다섯 시부터 길바닥 자판을 깐 치킨집에서

기름 냄새가 번지기 시작한다

간판도 없는 치킨집 위로

러닝머신이 일렬종대로 서 있다

빼고

먹고

부르고

흩어지자

살아야 하므로

삶아서 구워 먹으리

구워서 먹으리

삶은

나무들의 시체

나무들이 죽어서 유감입니다

나무를 청소합니다
장례 절차입니다
닦아야만 합니다
그대로 두세요

실랑이가 벌어집니다
마음이 벌어집니다
가지부터 뿌리까지

구석구석 닦겠습니다
개미나 거미가 나와야
건강했다는 증거겠습니다

건강했다는 증거는 필요 없어요
이제
죽어서 바람을 견뎌야 하잖아요

절차를 마쳤습니다

청소된 나무를 태울 차량도 준비되었습니다

나무의 무덤에는

나무의 시체를 넣지 않는 것이 절차입니다

나무는 잘 활용되어야 하니까

죽은 나무가 없는 빈 무덤

묘에는

돌로 만든 비석이 세워졌다

죽음 후에

부는 바람에 조금 더 강인할 수 있게

구름을 본다

별이 보고 싶어서
구름을 걷어냈다

잠자리채로
휘휘
저어보았다

폐를 가득 채운 바람을
불어보았다

그러다 구름을 알게 되었다

거북의 털

가벼운 것들이 살기 위해서
북쪽으로 몸을 날린대요
날아가서 날아가서 살아야지

거북이는
해변에 구멍을 파고
알을 낳았어요
모래의 온도가 올라갔어요
암컷 거북이만 태어났어요
외롭게 외롭게 사라지고 있었어요

알을 까고 나온 거북이들은
필사적으로 뜨거워집니다
번식 생존을 위한 날갯짓을 배우는 중이에요

알고 있는 것들을 쓸 때 모르는 것이 되어버리는

빠르게 저녁이 되는 날이 있다
한쪽으로 낙엽을 쓰는 미화원 아저씨
빗자루가 지나간 길에 나무들의 잎이 모여 있다

전봇대 사이에 꼭 끼어 있는 벤치의 입을 본다
꼬리를 말고 앉아 연필을 든다

사각사각 알고 있는 소리가 난다

같은 소리를 내는 것들로
알고 싶은 것들을 쓴다

쓰면 쓸수록 알 수 없는 더미를 만드는
미화의 날

빗자루와 연필 사이를 미끄러지는 꼬리가 있다
꼬리를 따라 단어가 묻힌 수첩을 펼친다

사각사각 모르는 소리에 고개를 들어보니

미화원 아저씨는
저만큼 길을 쓸고 앞서 걷고 있다

아저씨,
아저씨 신발 안에는 아저씨의 발이 있어요?

낙엽 청소부는 11월까지 걸어나간단다

새로 산 신발과 발이 같이 걸어가는 소리가 난다

알고 있는 것을 쓸 때
알고 있던 것들이 모르는 것이 되고
가끔은 운 좋게도 모르는 것들을 알게 된다
고 쓴다

나무에서 떨어진 잎들이 빨간 쓰레받기 속으로
말려들어가는 동안

사각거리는 말들이 내 몸속에 들어와 쌓였다

미화원 아저씨는 나를 돌아보고 웃는다

낙엽이 머리 위로 사각사각

어깨를 툭 치고 내려간다

꼬리를 들춰 올리고

전봇대의 코드를 찾는다

　　아쩌시,

　　전봇때 불은 어디서 켜지는 걸까요?

　　11월의 청소부는 낯선 말에 기대 잠든단다

가로등이 불빛을 깜빡거리다 불을 켠다

아마도 시간이 되었을 것이다

종이를 찢는다

종이가 사각거린다

메모를 버려도

어떤 문장은 손끝에 남아 있다

아저씨가 왔다

일주일에 한 번 세워지는 봉봉이 세 개
봉봉 아저씨는 입간판도 안 세웠는데
줄은 종일 길었어
이름 없는 가게에서 무얼 파는지 올라가보자

십 분에 오십 원
한 번에 네 명까지 올라가보자
하늘까지

봉봉 아저씨 딸은 눈을 세 개 가졌는데
한 개는 미래를 보는 데 쓴대

좁은 비탈길 위 마을 비석엔
사근동길, 동네 이름이 박혀 있고
세모 네모 동그라미 널따란 봉봉 위로
별처럼 떠올랐다가 꽃가루처럼 떨어졌어 팡! 하고
날아가려고 떨어지려고
모여들었어

우리는 아저씨 뒤에 서는 거야, 하늘에 오르기 위해서

오십 원은 널 위해 주머니 속에
하늘에 박혀보려고 아껴두는 거야
공중에 가장 오래 떠 있던 순간이 있었던 거야
아버지의 손으로부터 가장 멀리 떨어진 순간이었던 거야

봉봉 아저씨 손가락은 원래 열두 개였는데
봉봉 아래 줄 선 아이들이
한 개는 봉봉을 만드는 데 쓰고
그 손을 펼쳐보려 했지만 그 손은 절대 펼쳐지지 않았지
아마도 그건, 틀림없이 콜라사탕 맛일 거야

한 개는 봉봉을 만드는 데 쓰고
한 개는 녹여서 신비한 가루를 만드는 데 썼대
그 약은 눈을 없애는 약이래
기침을 하면 온 세상이 잠드는

삼십 분엔 이백 원

줄을 서보자 옆 동네까지

돼지 허파를 사러 엄마는 옆 동네에 갔겠지

두 마리

마리와 마리가 만나

처음 주고받은 말은

집

이었다

고장난 냉장고

기도 제목은 이천만 원. 누나는 울고 있었다. 몸속이 물로 꽉 차서 더이상 밖으로 나오지 않고는 견딜 수 없는 몸. 내 방의 천창이 우리 남매의 현실일 뿐. 집을 가져보는 것이 이번 생의 단순한 꿈일 뿐. 깊고 어두웠던 그 배 안에는 끝을 알 수 없는 물음으로 가득한 이야기들이, 차곡차곡 적힌 엽서와 고지서들이 있었다. 내용이 더 많은 빈칸. 쉽게 살고 싶었다. 누워 있고 싶었다. 꿈을 꿀 새도 없이 잠들고 깨어나는 삶을 멈추고 싶었다. 삐걱거리는 소리는 내 방문 앞에 서 있는 누나의 목에서 나는 소리였다. 더이상 이 문은 닫히지 않는다. 열린 결말 따위는 시시해 보이는 삶. 누나는 얼고 있었다.

심지

모두 타들어간 중심에
검은 심지가 남아 있었다

초가 녹고
촛농이 되고
초가 굳고
다시 탈 준비가 되면

닿을 수 없는 것에 닿으려고
잊을 수 없는 것을 잊으려고
견딜 수 없는 것을 견디려고

모두 타버리고 나만 남아도
슬프지 않을 것 같아

귀 안에서 시작된 이야기는

귀를 긁는다
무언가가 물고 갔다, 귀를
그 순간부터 귀 안을 맴도는 소리
윙— 날갯짓 소리가
귀를 긁는다

귀 안에서 시작된 이야기는
언젠가 나를 물고 간 모기에 관한 기록이다

어느 날 밤
모기는 지구만큼 무거웠다

모기를 만나는 방법은 간단하다
귀를 열고 있을 것
그리고 듣기만 하면 된다

가장 작은 목소리

작은 목소리들을 모아

수도꼭지에 아직 남은 물 한 방울이 떨어지는
추락의 촉감을 손에 쥘 수 있다면

80억분의 1만큼의 핏방울로도
모기를 배 불릴 수 있었다

스포이트로 피를 모두 뽑아내고
지방도 뼈도 쭉— 뽑아내고
뽑아낼 수 있다면
모기만 해진다면

모기처럼 날 수 있을까

가장 낮게 나는 날개

귀를 긁는다
포모도로 스파게티 색의 붉은 피가 긁힌다

등장인물

1

한 공간에서 오직 단 한 사람만이 이야기한다
그 입술은 아무도 모르게
관객석의 틈 사이로 숨길을 내
한 사람은 생각한다
혼자 남았는데
무엇을 더 이야기할 수 있을까

2

무대 위의 한 사람과
관객석의 겹쳐진 어깨들의 온도 차는
적도로부터 위와 아래로
같은 위치에 떨어진 계절처럼

초침이 마지막 시각에 멈춰 서면
"거기 내가 삽니다"
오직 단 한 사람의 짧은 대사로 끝을 맺는 삶
호흡과 침묵이
오래된 친구처럼 손을 잡고 문을 나설 때

오른쪽으로 다섯 걸음

왼쪽으로 네 걸음

눈으로 찻잔 한 번

눈 끝에 달린 방울 한 모금

장막은 겨우 닫힌다

3

매표소의 검표원은 마지막 손님이

밖으로 미끄러지기를 기다렸다가

오늘 나는 나를 떠납니다

가장 비중 있는 역할을 해내기 위해 집으로

오늘의 수표는 마흔다섯 장

오늘 마지막 장면까지 관객석에 앉아 있던 사람은 0명

오늘의 수금은 나를 떠나는 사직서

"거기 내가 삽니다"

4

삼십 분 일찍 극장을 나선 마지막 손님의 구두코에는

지금쯤 객석의 냄새가 진하게 배어

길 위로 난

틈 사이에 난

민들레의 이마를 건드린다

발끝으로 차고 지나간 이야기들을

줍는 소설가였던 마지막 손님은 책상에 앉아

목격자가 있습니다

"거기 내가 삽니다"

광경에 대해, 습도에 대해, 코끝의 땀에 관해 이야기한다

오로지 단 한 장의 페이지에 오직 단 한 사람의 목소리로

판단 보류

시절이 계속되고 있었다

여전히 내 발은 무대 위에 있었고

조금 움츠러든 발이나

공중에 팔십 퍼센트 정도 발을 뗀 사람도 함께였다

종종 뛰어내리거나 도망치거나 소멸된 사람들도 여전히 여기

있었다

붉은 낙엽

보통의 여름

주름진 커튼 사이로
네가 보이기를 기다리고 있었다

잘 짜인 무대 기둥 사이로
전선이 미끄러져 나가다가
발목을 들키고는 했다

등단에 부쳐

무릎 없이 걷는 날이 잦았다
직립보행은 우연이 아니라 극복이었다고 뇌까리며

너의 이름이 그려진 책을 비에 젖지 않게
가슴에 품고 걸으면서
아직 이불 속에 숨은 문우들을 생각했다

이름표 없이도 넌 아름다운 멜로디를 가졌노라고
불러주고픈 이름들

모두 그곳에 있었다
시나락, 304호 강의실
그 방이 무한대로 확장되고
이제 희미한 실루엣만이 우리 곁을 맴돈다 하여도
문 열리는 소리는 뚜렷하다

비밀 이야기는 죽어서도 계속되리

블루를 건너서 너에게 갈게*

오오

언어의 산에는 단어들이 살았다
저주에 걸려
문장을 이룰 수 없었고

언어의 산에 쌓여 있는
많고 많은
자음과 모음의 경우의 수

그중에 가장 잘 마른 단어 하나를
땅에서 집어올렸다

입으로 후 불어
단어 위에 쌓여 있는 먼지들을
걷어냈더니

'블루'라고
읽을 수 있었다

나를 무의식의 세계로

데려다줄래?

단어가 말했다

그럴 수 없어

세계를 네게로

가장 작은 목소리로 속삭이자

그제야 단어는 발걸음을 옮기기 시작했다

우리는 이제부터

블루를 건너야 해

블루를 건너 그린을 넘고 핑크를 불러 모아야 해

그해 가을

난데없는 산불이 여러 번 났고

홍수와 가뭄이 차례로 일어났다

오오오

블루 외의 단어들은

가까스로 언어의 산에 매달려 있었다

- 이꽃님 작가의 청소년소설 『세계를 건너 너에게 갈게』(문학동네, 2021)에서
  제목을 차용했다.

새 나라의 어린이

지구는 둥그니까 자꾸 걸어나가면
돌아올 수 없을 것이다

살아갈 모든 가능성을 놓아버린 뒤에야
돌아올 것이다

(다시 태어나고 싶었던)
여자가 되고 싶었던
마리아와 마주칠 것이다

비가 오기를 기다려
몸을 씻은 팔십팔 년 된 손을 보게 될 것이다

그 머리칼은 어둠과 닿아 있었다
오랫동안 길 위를 닳아온 생이었다
그는 다시 태어나지 않을 것이다

생수 오백 밀리리터로
하루를 흘려보낼 것이다

바람이 없고

태양은 가까웠다는 기록의 수첩을 가질 것이다

나란히 걸을 것이다

한 발짝 더 걷기 위해

선명한 빨간 십자가를 보고

잠들기 위해 목소리를 낼 것이다

안부

손이 잡고 싶어서 전화를 걸었어요
샛노란 목소리로 건너오는 손을 잡습니다

그래 나도 좋아해

바다를 보는 시간보다
너를 보는 시간이 많았어

걷다가 멈추다가 웃다가 돌아보고
울다가 기대다가 쓰다듬고
좋아해

그래
아주 옛날에는 사람이 안 살았다는데
그때 우리는 무엇이었을까?

손이 되기까지 참 많은 시간이 걸렸구나

여기는 물이 참 많아

날 흐르고 있어
가물지 않는 바다가 되기까지
날 끌고 왔어

아니야
여기로 내가 바다를 끌고 왔어
너도 말이야

보고 싶다
눈을 감아봐
물이 차오르면
네가 여기까지 온 거야
나도 말이야

찬란해지기
위해서 부서지는 파도 좀 봐
무너진다
무너지면서 투명해지는 몸을 봐

두 손을 모으면 할 수 있는 것을 해

두 손 모아 손뼉 칠게

두 손 모아 기도할게

현재 유령

왜 아무도 우리를 찾지 않을까요?

왜 우리는 우리를 찾지 않을까요?

나는 순간입니다

꿈, 몸, 숨 같은 것에 숨어들기도 합니다

뱃속의 이야기가
가장 잘 들리는 귓구멍에게
가끔
허황한 노래를 들려주겠습니다

나는 순간입니다

꿈, 몸, 숨 같은 것에 숨어들기도 합니다

—「현재 유령」에서

숨

여기에서
가장
먼 곳

등장인물

주인 남자

손님 여자

그리고 그들 내면의 음악

전하는 말

침묵과 사이, 그리고 정적이 가지는 말의 뜻이 살아나는
공연이 되기를
인간의 삶, 곳곳에 잠들어 있는 음악들이 깨어나기를
언어는 사라지고 이야기가 오래도록 기억되기를
우리들의 손과 숨과 삶이 만나는 시간이 되기를

1
아마도, 주변을 둘러싼 소리들의 시간

햇살이 눈부신 날, 낡은 악기 수리점 앞에 나뭇잎 하나가 돌돌 말려 굴러가고 있다. 아마도, 바람이 부는 중이다. 상점 앞, 적당한 거리를 두고 줄 서 있는 네모난 화단에는 들풀이 무성히 자라고 있다. 이 악기 수리점의 주인은 화단에 들풀을 기르는 사람. 무엇이든 앉았다가 씨앗을 떨구고, 때로는 뿌리를 내리기도 한다. 바람이 일렁이다가 한동안 머문다. 아마도, 날이 저무는 중이다.

이제 들풀과 바람은 완전한 어둠 속에 있다. 작은 반딧불이 하나가 날아와 악기 수리점 앞을 빙글빙글 떠돈다. 아마도, 앉을 자리를 찾는 중이다. 날개를 가진 작은 생물이 와서 잠시 머물다 가는 곳, 악기 수리점은 조금씩 그 집채가 기울어가고 있다. 이 악기 수리점을 뭐라고 부를까. 매달려 있는 간판에 수리점의 이름이 없다는 것을, 반딧불이의 작은 몸에 매달린 꽁무니 불이 비추어 알려주고 있다. 깜빡깜빡 점멸하며 흰 불빛을 내뿜고 있다. 온몸의 비행이다. 아마도, 이름을 찾는 중이다. 어둠은 반딧불이의 '비―춤'과 함께 서서히 아침을 불러들인다.

드디어, 반딧불이가 앉을 자리를 찾았을까. 미세하게 들려오는 방울 소리, 희미한 종소리 같은 떨림과 함께 남자가 도착한다.

수리점보다 더 낡아 보이는 우편물 보관함을 열어본다. 먼지 쌓인 녹음기 하나를 꺼낸다. (이 남자가 기록하고 기억하는 모든 소리는 어쩌면 그의 내면의 소리, 혹은 혼잣말, 혹은 일기장, 혹은 꺼내지 못한 진심일 수도 있다. 그 어떤 것으로든 그려질 수 있다.) 녹음기의 녹음 버튼을 누른다.

주인   *집, 다시 이곳이다.*

남자는 녹음기의 멈춤 버튼을 누른다. 작은 통에 담긴 알약 한 알을 꺼내 물과 함께 삼킨다. 목을 어루만져본다. 엄지손가락을 쥐었다가 편다. 딸랑, 아마도 문이 열리는 소리일 것이다.

손님   여기가 어디죠?

주인   네?

손님   아, 아니. 저 실례지만 이곳이 뭐 하는 곳이죠?

주인   네?

손님   아, 그러니까……

주인   아! 죄송합니다. 간판이 잘 안 보이죠? 오래된 곳이라 글자가 빛바래……

손님   제가 죄송해요.

주인   네?

손님   저는 앞이 안 보여요. 그러니까······

여자, 호흡을 삼킨다.

손님   시각장애가 있어요. 먼저 말씀드리고 물었어야 했는
        데.
주인   아, 네 그러시군요.

사이.

주인   근데 그게 뭐가 죄송합니까. 안 보이는 게 죄송할 일
        은 아니죠.
손님   네? 아, 그게, 안 보이는 게 죄송하다고 한 게 아니라,
        대뜸 물어서 죄송하다고 한 건데.
주인   아······ 네.

정적.

주인   미안합니다.

여자, 웃는다.

침묵.

손님   그럼, 미안해하세요.

주인   네?

손님   오해하는 건 깊이 미안해할 일이 맞는 것 같아요. 인간으로 태어났다면 적어도 서로 오해를 풀어가려고 노력은 해야겠죠? 소통하면서 살아가는 사회적 동물이 인간이라던데, 인간이신가요?

주인   어, 그래요, 그렇죠. 미안해요.

여자, 웃는다.

침묵.

손님   그런데 아직 이곳이 뭐 하는 곳인지 잘 모르겠는데, 저의 섣부른 오해를 좀 풀어봐도 될까요?

주인   뭘 어떻게 한다고요?

여자, 상점의 물건들을 더듬거린다.

손님   제가 분명 잘 아는 소리를 들은 것 같거든요?

주인   어떤 소리를 들었습니까?

손님   딸깍, 하는 소리. 제가 제일 좋아하는 악기가 내는 소리거든요.

주인   악기 뭐 좋아하는데요?

손님　라, 디, 오.

주인　라디오요? 라디오는…… 악기가 아닌데?

손님　라디오는 천상의 악기예요. 세상의 모든 소리를 제 방
　　　　으로 가져다주거든요.

여자, 남자에게로 휙 돌아서다가 어딘가에 부딪힌다.

주인　괜찮습니까?

손님　아…… 아파, 아파요.

주인　어디 봐요.

사이.

손님　그래요. 좀 봐주세요. 저 얼마나 다쳤어요?

주인　무릎이 다 긁혔어요. 피가 좀 맺혀 있습니다.

손님　언제쯤 부딪히지 않을 수 있을까, 언제쯤 내 상처를
　　　　볼 수 있을까.

사이.

주인　저도 늘 넘어지고 부딪히고 엎어지고 구르고 별의별
　　　　난관들을 만납니다. 그때마다 당신과 똑같아요. 보시
　　　　다시피 눈을 뜨고 있지만 잘 못 보는 거죠.

손님	하나도 안 보이는데요. 눈을 뜨고 계시군요?
주인	아, 미안합……
손님	흠, 미안하단 말 여기까지만요. 자꾸 그러시면 갑자기 여기 들어온 제가 미안하잖아요.
주인	원래 가게에는 손님이 갑자기 들어옵니다.
손님	오, 그런가요? 음, 그렇군요.

사이.

손님	그럼, 서로를 인정해요, 우리. 당신은 비시각장애인, 나는 시각장애인! 당신은 주인, 나는 손님. 당신이 절 도와주면 되잖아요. 보이는 부분에 대해서. 이곳에 대해서.

여자, 허공에 손을 내민다. 남자, 여자의 손을 잡아 일으켜세운다.

주인	상처가 낫는 데 도움이 되면 좋을 텐데, 여긴 마땅한 약이 없네요.
손님	여기 오는 누군가가 다칠 걸 미리 알고 약을 준비해두는 것도 조금은 이상한 일이죠. 당신이, 당신…… 그런데 제가 '당신'이라고 부르는 거 어때요?
주인	네? 어떻냐고요?
손님	네. '당신'이라는 말, 잘 써본 적이 없는 말 같네요……

당, 신. 이 호칭 괜찮은가요? 아까 그렇게 절 부르신 거 같은데. 저도 무심결에 그렇게 뱉었는데, 듣기 괜찮으신가 해서요.

주인   뭐, 딱히 싫지는 않습니다. 다들 여기 오면 절 '주인'이라고 부르죠.

손님   그래요? 그럼 그 사람들을 '주인'님은 뭐라고 부르셨는데요?

주인   '손님'이라고 부릅니다.

손님   '손님'이라. 그런데 저한테는 왜 당신이죠?

주인   그러게 말입니다. 얼떨결에.

손님   얼떨결. 좋아요. 저는 당신이라고 부르는 걸 허락할게요. 주인님.

주인   하하. 그런데 주인'님'은 좀 이상하지 않습니까?

손님   그럼 주인아! 주인! 주인장!

사이.

주인   뭐, 뭐든 정해봐요. 편한 대로.

손님   다음번에. 다시 오면 정한 대로 부를게요. 오늘은 주인님이 뭐, 딱히 싫지는 않습니다.

주인   다음……

남자는 꺼두었던 녹음기를 매만진다. 재생 버튼을 누른다.

주인 딸깍, 이 소리였습니까. 당신이 들었다는 당신이 제일 좋아하는 악기 소리.

손님 맞아요. 이 소리! 라디오 버튼 소리잖아요.

소리 *집, 다시 이곳이다.*

주인 라디오랑 비슷하지만…… 어쩌면 라디오, 일 수 있겠네요.

손님 주인님 목소리예요? 이렇게 들으니까 좀 달라요.

주인 들었습니까? 들려요? 이 소리가?

손님 무슨 말이에요. 방금 버튼 눌렀잖아요. 그러니까 당연히 들리죠.

침묵.

주인 이 버튼 누르는 소리 말고, 내 목소리가 들린다는 말이죠?

손님 네, 네, 네. 그렇다고요. 주인님 목소리요. 혹시 제가 들으면 안 될 거라도 여기 들어 있나요?

여자, 녹음기를 손에 든다. 재생 버튼을 찾고 있다. 여자는 남자의 반대 방향으로, 악기 수리점 안에서 남자와 여자에게 가능한 한 가장 먼 거리를 바라본다.

주인　내 목소리를…… 이 소리를 들을 수 있습니까, 정말?

손님　여기 들려오는 소리는…… 멀어요.

주인　멀어요?

손님　멀고, 아득해요. 아주 먼 곳에서 들려오는 목소리. 고독한 음악이네요. 고독을 담고 있는 멜로디가 느껴져요.

남자와 여자의 거리보다 더 먼 곳. 멀리서부터 어떤 소리가 들려온다. 아마도 남자의 고독한 내면이 움직이는 소리다. 아니, 음악일 것이다.

주인　언제부터 들렸습니까?

손님　여기 들어서는 순간부터? 아니, 문을 열기 전부터죠. 왠지 여기 살고 있는 사람이 멀리서부터 나에게 신호를 보내는 느낌이 들었어요. 그래요, 들었어요.

주인　하, 어떻게 이런 일이……

사이.

주인　이건 정말, 말이 안 돼요.

정적.

주인　　당신은 대체……

침묵.

남자, 당혹스러워한다. 들키면 안 될 중요한 무엇인가를 타인에게 읽혀버린 사람의 얼굴이다.

손님　　지금, 저를 무서워하는 거예요?

주인　　아니, 그런 게 아니라……

여자는 그런 반응을 읽고는 갑자기 웃는다.

손님　　농담이에요.

주인　　농담이요?

손님　　네, 농담. 저 귀신 들린 사람 아니에요.

주인　　네?

손님　　독심술 하는 사람도, 아니에요. 그러니까 안심해요.

사이.

손님　　못 들었어요, 아무것도. 들어오기 전에 라디오 버튼 소
　　　　　리, 그러니까, 그 딸깍, 하는 소리를 들었을 뿐이에요.

주인　　……

여자, 단 한 걸음 남자 쪽으로 다가선다.

손님   주인님, 지금 이쪽에 있죠?

주인   네, 맞습니다.

손님   저는 안 보이긴 하지만 그 외에 많은 감각을 동원해서
        나를 둘러싼 것들을 볼 수 있어요. 때때로 누군가의
        도움을 받기도 하고요. 오늘처럼. 어떤 때는 보는 사
        람보다 더 잘 볼 수도 있어요. 그래서 여기를 지날 때
        마다 이 안에서 들려오는 많은 악기의 소리를 들을 수
        있었고, 이곳이 악기와 관련된 곳이라는 걸 오가면서
        알게 되었어요.

남자, 단 한 걸음 여자 쪽으로 다가선다.

손님   제가 처음 이곳을 알게 되었을 때 이곳에 사람은 없었
        어요. 바람이나 작은 동물들의 날갯짓에 반응하는 악
        기들의 소리만 가득했죠. 그래서 전 자주 이곳에 앉아
        서 음악을 들었어요. 이 안에 존재하는 많은 것이 내
        는 소리를 한동안 감상하다가 일어나곤 했죠. 그런
        데…… 오늘은 사람의 소리가 들렸어요. 놀랍게도.

주인   정말 더 많은 것을 볼 수 있네요. 당신은.

손님   존재하는 것을 감각하는 방법은 많잖아요. 나는 남들
        과 다르게 존재하고 다르게 감각하죠.

여자, 손을 들어 남자의 녹음기를 매만진다.

손님   이게 내 눈이에요.

여자, 코로 숨을 내뱉고는 녹음기의 향을 깊게 마신다.

손님   이건, 내 눈동자.

여자, 입술을 한껏 벌렸다가 오므려, 녹음기에 입맞춘다.

손님   이건, 내 눈꺼풀.

녹음기의 얼굴을 매만지는 손, 몸, 모든 기관과 함께 노래하는 여자.
구음을 뱉는다. 멀리서부터 들려오는 남자의 고독한 내면과 만나 화음
을 이룬다. 음악과 구음은 두 남녀가 만나는 순간마다 다르게 나오고,
다르게 들릴 것이다.

손님   보이지 않는 건 내게 너무 자연스럽고 익숙한 감각이
         라 내게 '없다'는 것을 아주 잊어버리게 되었어요. 어
         떤 건지 알겠어요?

여자, 어떤 이의 얼굴을 매만지듯 녹음기를 계속 느끼며 구음을 이

어간다. 그런 여자를 바라보다가 남자는 어깨가 저려오는 것을 느낀다. 남자는 여자의 손에서 녹음기를 들어 내려놓는다. 그리고 녹음 버튼을 누른다.

주인   몸이, 굳어간다. 떠날 때보다 한층 더 병증이 깊어졌다. 어쩌면 당연한 일이겠지. 루 게릭이라는 병명으로 기억될 나의 몸. 시간이 지나면 나도 저 여자처럼 내게 몸이 없다는 것을 잊어버리게 될까? 굳어가고 있는 내 안에 있는 구멍들, 아픔보다 큰 구멍을 본다.

여자는 여전히 녹음기를 느끼고 있다. 구음을 멈추고 녹음기에 귀를 기울여본다.

손님   그리고 이건 내 발이에요. 날 어디로든 인도하죠. 소리를 따라가는 거예요.

여자가 점점 남자에게 가까이 다가간다.

주인   아, 저……
손님   이렇게 숨소리만을 따라서 사람을 찾을 수 있을 만큼 내 발은 재빠르고 민감해요.

남자가 가까이 다가오는 여자를 피해 어딘가 손을 디딘다. 망가진

한 악기의 소리가 울린다.

손님   이 악기는 비명을 지르네요.

아마도 조율이 망가져 있고, 숨구멍이 고장난 아코디언일 것이다.

손님   얜 어쩌다가 여기에 와 있나요?
주인   십 년 전쯤, 손님이 두고 갔어요.
손님   십 년이나 여기 있었어요?
주인   그보다 더 오래 알고 지낸 사람이었어요.
손님   잘 아는 사람이었나봐요.

사이.

주인   잘 알 수는 없었던 것 같아요. 잘 알고 싶었어요.
손님   제가 괜한 걸 물었나보네요.

사이.

손님   그 손님이 어떤 사람인지 제가 주인님보다 더 잘 알 수는 없지만, 왠지 알 것도 같아요. 악기를 악기 수리점에 맡기고 가는 사람의 마음.

사이.

남자, 여자를 빤히 바라본다.

주인   알고 있었네요.

손님   뭘요?

주인   여기가 악기 수리점이라는 거요.

여자, 입을 앙다문다.

손님   미안해요. 실은…… 처음부터 알고 있었어요.

주인   뭘 말입니까.

손님   저, 이 동네에서 나고 자랐거든요. 그리고 이 악기 수
        리점이 막 생겨났을 때는…… 전 볼 수 있는 사람이었
        어요.

주인   ……

손님   산골 소녀의 자가발전 놀이라고 해야 할까요? 흠, 처
        음 여기 오실 때부터 알고 있었어요.

주인   하……

손님   그, 절대, 사기꾼 같은 건 아니고요……

정적.

주인   그럼, 무려 이십 년 만에 악기 수리점에 들어온 이유

가 뭡니까?

사이.

손님   이 악기를 좀 봐주세요.

남자, 여자가 가리킨 곳을 본다.

주인   악기요?

손님   이 악기를 꼭 고쳐야 해요.

남자, 여자가 가리킨 곳을 지나 여자의 뒤편으로 간다.

주인   어디 있습니까?

여자는 자기의 바로 옆을 가리킨다.

손님   여기요. 좀 크죠? 저한테는 품에 안고 연주하기가 좀
불편한 크기인 건 사실이에요. 그래도 익숙해지기까
지 아주 오랜 시간이 걸렸는데……

남자, 여자가 열고 들어온 문 주위와 밖에까지 나가 고개를 돌려 이
곳저곳을 살펴보지만, 남자의 눈에 어떠한 악기도 보이지 않는다.

손님 왜 그러세요? 뭐 잃어버렸어요?

주인 네?

손님 아니, 발소리가 뭔가 주춤거리고 우왕좌왕하는 거 같아서요. 아니면 뭐 무서운 거 봤어요? 혹시 벌레 무서워하세요?

주인 그런 게 아니고……

정적.

주인 집이 어딥니까?

손님 네?

주인 집이 어디예요? 여기서 멀어요?

손님 그렇게 멀지는 않지만, 그리 가까운 편도 아니죠.

주인 그럼 오늘은 내가 집까지 바래다줄게요.

손님 네? 괜찮아요.

주인 얼른 가요.

손님 지금요? 저 내쫓는 거예요?

주인 아니, 그런 건 아닙니다.

손님 아니면 제가 걱정돼서 그래요? 걸어서 삼십 분 정도밖에 안 걸려요.

주인 어…… 오늘만요.

사이.

주인   이곳에 처음 방문하신 날이니까. 기념으로……

손님   정말 안 그러셔도 돼요. 말했잖아요. 저 여기서 나고
          자랐다고. 그야말로 눈 감고도 집에 갈 수 있어요.

주인   지금 날이 어두워지고 있어요. 빨리 가야……

여자, 남자의 말을 끝까지 듣지 않는다.

손님   그리고 이런 거 과잉 친절이에요. 저 혼자서도 잘 다
          녀요. 잘 걸을 수 있고, 잘 찾을 수 있어요. 길바닥에
          점자블록, 보신 적 있죠? 그거 저를 위한 길 안내 표시
          예요.

주인   알고 있습니다. 그런데 지금은 빨리, 걸어온 길로 다
          시 돌……

손님   음, 길이 끝나는 것도 알 수 있고, 시작되는 것도 알
          수 있고, 건널목에서 멈춰서야 하는 위치도, 방향도
          알 수 있어요. 이렇게 두드리거나 발로 섬세하게 느끼
          면서……

주인   제발, 내 말 좀 들어요!

남자, 큰 목소리에 자기 자신도 놀란다. 아주 오랫동안 낸 적 없던
크기와 감정의 소리 덩어리가 밖으로 튀어나왔다.

사이.

남자, 서서히 한쪽 다리가 저려오는 것을 느낀다. 산발적으로 몸 곳곳의 근육이 수축하다가 이완되기를 반복한다.

주인　　잘못하면 당신의 악기를 잃어버릴 수도 있습니다.

사이.

손님　　무슨 말이죠? 제 악기는 여기 있어요. 보세요.

여자, 곁에 두었던 악기를 소중히 품에 안고 악기를 연주하기 시작한다. 여자의 구음과 함께, 여자가 실명했던 날, 일어났던 상황의 음성과 소리가 들려온다. 그리고 뒤섞여 들려오는 기염과 비명, 울음소리. 누구의 것인지 불분명한 울음소리들. 다급한 발소리들. 쏟아지는 탄성과 숨소리. 삶의 소리와 뒤섞여 현악, 관악, 타악, 그 모든 소리를 망라한 슬픔의 뭉텅이들이 굴러나온다. 여자의 품으로부터. 이 모든 소리는 남자의 신음과 고통과 내면의 소리와 섞인다.

연주는 큰 슬픔의 어떤 날에 들려오는 모든 소리일 수 있다. 시대의 가장 큰 아픔일 수도 있다. 그 슬픔을 안고 여자는 계속 구음으로 그날의 소리들을 불러온다. 남자는 온몸의 가장자리로부터 시작되는 저림을 느끼는 중이다. 아마도 몸을 지배해오는 아픔을 천천히 감당하는 중일 것이다. 계속되는 연주.

손님　　이 악기를, 제발, 고쳐주세요. 부탁해요.

여자에게서 흔적도 느낄 수 없었던 슬픔의 정체를 한, 낱장의 소리들이 쏟아져나온다. 남자는 녹음기의 녹음 버튼을 누른다.

주인　　*이 고통은 어디서부터 시작된 것일까. 왜 시작된 것일까. 끝은 있을까. 악기를 고치듯, 생을 고칠 수 있다면…… 어리석은 질문이다. 그러나 이 또한 내 삶에 주어진 질문이다. 많은 질문과 함께 출발한 여행의 끝에, 내가 얻은 결론은 하나, 내 삶을 내가 결정해야 한다는 것. 온전히, 스스로, 끝내야 한다는 것.*

2
바람과 숨의 시간

남자는 어두운 구석에 혼자 앉아 있다. 고장난 하모니카를 닦고 있다. 숨을 불어넣어본다. 하모니카에서 불협화음들이 아름답게 화음을 이루어 나온다. 이상하고 아름답게도.

긴 사이.

남자는 아마도 이 하모니카를 맡기고 간 손님을 떠올리고 있을 것이다. 자신의 숨을 다해, 그리워하고 있을 것이다.

화단에 들풀들이 낮과 밤이 교차하며 일어나는 바람결에 일렁인다. 춤을 추는 듯 보인다. 이 춤사위 사이사이로 작은 불빛들이 은하수 가루처럼 흩뿌려지다가 점멸한다. 반딧불이들이 남자의 화단에 몸을 눕혔다가 이제 막 저녁을 맞이한 것이리라.

이제, 더 많은 반딧불이가 찾아들기 시작하는, 저녁에서 밤으로 가는 시간이 되었다. 반딧불이 한 마리가 화단에 앉아 있다가 남자의 어깨 가까이에 휘돈다. 남자는 누군가를 기다리는 듯 고개를 들어 밖을 무심히 바라본다.

문이 열리는 종소리와 함께 여자의 음성이 들린다. 아마도 남자 내면에서 만들어낸 소리.

손님   아직 문 안 닫으셨네요?

남자, 고개를 들어 문을 바라본다. 아무도 없다. 천천히 눈을 비비고 눈을 감았다 뜬다. 여전히 아무도 찾지 않는 악기 수리점 앞으로 바람이 분다. 남자는 하모니카를 고치려고 마음먹는다. 하모니카 커버를 열기 위한 십자드라이버와 이탈하는 음을 점검하기 위한 종이와 필기구를 올려두고 수리를 시작한다.

소리들. 이탈한 음들을 살피고 기록해둔다. 하모니카의 커버를 열고, 한 음 한 음 고쳐나가기 시작한다. 시간이 얼마나 지났을까. 어느덧 반딧불이의 비행도 잠이 들고, 이제 남자의 곁에는 바람의 날갯짓뿐이다.

남자는 하모니카를 (사람을 눕히듯이) 내려놓고 천천히 악기 수리점의 내부를 둘러본다. 눈으로 무엇인가를 찾는 것일까. 아마도 여자의 악기를 발견할 수 있기를 바라는 눈일 것이다.

주인   *여자의 악기가 보이지 않는다. 그러나 그 악기는 분명히 존재한다. 여자의 품에. 여자는 정성스럽게 그 악기를 연주하고 있었다. 소리를 보았다.*

미세하게 들려오는 방울 소리, 희미한 종소리와 같은 떨림이 들려온다. 문 쪽을 바라보지만, 아무도 문을 열지 않는다. 남자, 창문을 열어 숨을 깊게 들이마시고는 하모니카를 분다. 멀리로, 멀리로. 바람과 숨이 섞인 공간을 타고 날아가 하모니카의 본래 주인에게 이 소리가 가닿기를 바라는 마음일 것이다. 남자가 훌륭한 악기 연주자라는 사실을 이 밤만이 가붓이 듣고 있다.

남자   닿기를. 한때, 나였던, 모든 당신에게.

3
고통의 기억이 살다 간 시간

오늘의 악기 수리점은 다른 날과 달리 유달리 분주하다. 많은 소리가 일고 지는 중이다. 기울어가는 악기 수리점의 집채보다 더 낡은 악기들이 쏟아져나오고 있다. 남자의 손에 의해. 그중에는 악기라고 부를 수 없는 것들도 있다. 악기 수리점에서 시간과 함께 악기가 되어가고 있는 것들. 이를테면 녹음기, 아마도 라디오, 어쩌면 욕조. 남자는 꺼내오고, 들여놓고, 다시 꺼내오기를 반복하는 중이다. 아마도 지난 시간을 정리하는 중이다.

곳곳이 좀먹고 누렇게 변색된 악보들이 수십 장 빨랫줄에 걸려 있다. 악보를 겨우 붙잡고 있는 집게들은 크기도 색깔도 다 달라서 여러 사람을 거쳐왔음이 분명하다.

다양한 악기들이 악기 수리점 밖으로 쭉 늘어서 있다. 악기들의 행렬 같다. 그 악기들은 대중적인 악기들부터 중동이나 아프리카 지역의 희소한 악기들까지 세계를 압축해놓은 모양새로 악기 수리점에 기대거나 쓰러져 있다.

분주히 상점 안팎을 오가던 남자는 불현듯 '무언가' 생각난 듯 '무엇인가'를 찾는다. 결국 자기 옷 주머니들을 살피다가 아랫도리의 바지춤에서 알약통을 꺼낸다. 알약을 하나 꺼내어 물과 함께 삼킨다. 알약이 남자의 목을 타고 몸으로 들어오는 과정을 온전히 느끼듯이 한동안 남자는 고개를 하늘로 들고 멈춰 서 있다. 알약은 발끝까지 남자의 감각세포를 깨우는 중이다. 남자는 몸의 모든 근육을 세밀하게 밀고 당긴다. 가슴, 어깨, 복부, 허리, 팔, 다리. 다음은 손가락. 두 손을 모두 빛에 넣어 엄지손가락 부근의 근육을 오므렸다 펴기를 반복하다가 한 손으로 몸을, 몸의 근육을 쓰다듬는다. 가슴, 어깨, 복부, 허리, 팔, 다리. 다음은 손가락, 발가락, 얼굴. 그리고 심장, 심근을 확인한다.

남은 한 손으로 녹음기의 녹음 버튼을 누른다.

주인   여기, 여기까지 오기 전에 끝내고 싶다. 이곳의 근육까지 조여오는 아픔을 경험한다면, 그것은 살아온 모든 날의 고독과 고통을 통틀어서 내 안에 가장 큰 구멍을 낼 것이다. 나는 기어이 그 구멍을 보게 될 것이다. 아니, 그 구멍을 맞이하고 싶지 않다. 맞이할 수 없다.
나는 가능성을 생각하고 싶지 않다. 빨래를 개듯이 시간을 개어 들여놓을 수 있다면 독한 표백제를 부어 새하얗게 멸균한 뒤에 탈탈 털어서 햇볕에 말리고 싶다.

남자, 녹음기의 정지 버튼을 멈추고, 윗도리 주머니에 넣는다. 빨랫줄에 걸린 악보 한 장을 떼어낸다.

주인　　잘 말랐네.

여자가 누군가에게 쫓기는 듯 숨이 차 뛰어들어온다.

손님　　저······ 저, 저 좀······ 하, 하······ 숨, 숨겨주세요. 하,

　　　　제발요.

한낮에 여자는 무엇에 쫓기고 있는 것일까? 숨이 차오르도록. 남자
는 생각한다. 이 생각은 남자의 내면에서 녹음기의 재생 버튼을 통해
흘러나와도 좋을 것이다.

주인　　오랜만입니다.

손님　　허, 헉, 오랜만이라기엔 이제 겨우 두 번째 방문인걸

　　　　요.

주인　　네, 또 오셨네요.

손님　　당연하죠. 제 악기를 여기 맡겼잖아요.

남자, 짐짓 당황한다.

주인　　네. 그렇죠. 악기를 맡기셨죠.

사이.

106

주인   악기를 맡기고도 찾으러 오지 않는 사람들이 많습니
다. 여길 좀 보세요. 아!

남자는 무심코 튀어나온 말에 또 당황하는 듯하다. 여자, 숨을 고르
며 웃는다.

손님   후, 미안해 마세요. 볼 수 있어요.

여자, 천천히 손과 발로 이곳의 물건들을 만지고 있다. 온몸으로 느
끼고 있다.

손님   오늘 저도 꽤 바쁜 날인데, 여기도 많이 바쁜 것 같네
요.
주인   바쁜 일이 있는 겁니까? 뭐, 안 좋은 일은 아니……
손님   (남자의 말을 황급히 자른다) 지난번에, 다음번에 오면
호칭을 정해서 오겠다고 약속했었는데, 기억나요?

남자는 녹음기의 녹음 버튼을 누른다.

주인   *나는 기억하고 있다. 또렷이. '다음번'이라고 이야기한
그 순간을. 온전히 '다음'을 기다리는 사람의 표정은
저런 것이로구나, 생각했던 순간을.*

여자는 계속해서 여기저기 기대어 있고 쓰러져 있는 악기들과 매달린 악보들을 매만지고 있다. 그런 여자를 남자가 손으로 잠시 멈춰 세운다.

주인　　기억합니다. 정했습니까?

손님　　그대.

여자는 '그대'라고 말하고 두 손을 모았다가 펼치며 '그대'라는 호칭을 공중에 띄우듯 올린다.

주인　　'그대'요. 그런데 손은 왜.

손님　　바람에 실어 보내는 거예요. 이름을 부르는 건 불러서
　　　　　이리로 오라고 하는 게 아니고, 그가 있는 곳으로 나
　　　　　의 소리를 보내는 거예요. 이렇게.

여자는 다시 아까의 손 모양을 반복한다. 남자는 녹음기의 재생 버튼을 누른다.

주인　　*살면서 날 '그대'라고 부른 사람은 없었다. 오래된 기*
　　　　　억 속 시집에 '그대' 하고 명명하던 시인의 이름이 무
　　　　　엇이었던가.

여자는 악보가 집게에 집혀 있는 것을 '본다'.

손님　왜 종이를 말리고 있어요? 종이가 '으으 축축해. 저 좀
　　　　말려주세요' 하던가요?

빨랫줄을 따라 여자의 손이 끝까지 간다.

손님　힉, 이렇게나 많이? 이게 다 뭐예요.
주인　그냥 종이는 아닙니다. 악보예요.
손님　악보구나. 이제야 좀 악기 수리점 같은데요? 옛날 악
　　　　보인가봐요. 점자가 있는 악보가 한 장도 없네.
주인　점자 악보도, 있겠네요.
손님　그럼요. 촉각 악보도 있어요. 모두를 위한 악보죠, 들
　　　　리지 않는 사람에게도 음악은 존재해요.

여자, 빨랫줄에서 악보 한 장을 떼어내어 댄스 파트너 삼아 덩실거
리기 시작한다.

손님　어릴 때 텔레비전에서 청각장애인들의 파티를 본 적
　　　　이 있어요. 귀에는 들리지 않는 음악이 우리 안에 존
　　　　재하잖아요. 저에게도 간혹, 이렇게 들리기도 하고요.
　　　　얼마나 근사했다고요.

남자, 윗도리 주머니에서 녹음기를 꺼내 든다. 녹음 버튼을 누른다.

주인   지금 나 아닌 누군가, 춤추고 있는 저 여자를 본다면, 저 사람이 한 치 앞을 볼 수 없는 사람이라는 걸 예상할 수 있을까? 자유롭고 고요하다. 고요하지만 자유롭다. 자유로운 정지를 본다.

손님   소리는, 음악은, 예술은 모두에게 평등해요. 제 춤에서 음악이 들리지 않나요?

남자는 녹음 버튼을 눌러놓은 채로 녹음기를 윗도리 주머니에 다시 집어넣는다. 한쪽에 누워 있던 기타를 집어 여자의 구음, 춤추는 리듬에 맞춰 즉흥 연주를 시작한다. 자유와 고요가 멀고 먼 곳에서 움직이기 시작해 한 지점에서 만나기 시작한 것이다.

손님   오, 방금 누군가 제 음악을 발견한 게 분명해요. 멋지네요. 정말.

스윙, 포크를 넘나드는 음악을 만끽하는 두 사람. 짜자잔! 맞춘 듯이 연주와 춤이 마무리된다. 남자는 정리를 이어간다.

손님   훌륭한 악기 연주자시네요.
주인   그냥, 취미로 조금 배운 겁니다.

손님   누구한테요?

주인   혼자 배웠습니다.

손님   우와. 더 멋진걸요?

여자, 분주하던 매만짐, 걸음, 춤, 그 모든 것을 멈춘 채 어딘가 자리 잡아 앉는다.

사이.

손님   악기 수리점의 주인은 악기를 잘 알아야 하겠네요.

주인   다 알고 있을 수는 없지만, 일단 여기 맡겨지는 순간 부터는 어떤 악기든 잘 알아봐야겠죠. 알아야 보이고, 보여야 고칠 수 있으니까.

손님   전 절대 할 수 없는 일이네요. 아니에요. 언젠가 할 수 있을 수도 있어요! 전 적어도 제 악기는 잘 연주할 수 있으니까.

주인   내가 여기 있는 악기를 다 연주할 줄 아는 건 아닙니다.

손님   적어도 여기 있는 악기들의 이름은 다 알고 있겠죠?

주인   그렇긴 하죠.

손님   그럼, 저한테 소개 좀 해주세요. 이 친구들.

주인   친구라……

여자, 목을 가다듬는다. 리포터처럼 목소리의 톤을 높인다.

손님   음, 음, 아아. 전 방금 집에서 왔습니다만, 이 악기들은
다 어디서 왔을까요? 악기 수리점의 주인이신, 어……
'그대'님을 만나보겠습니다.

남자, 웃는다.

손님   아, 저 지금 진지해요. 진지하게 인터뷰에 응해주시기
바랍니다.

주인   치울 게 많습니다. 정리를 꼭 해야 하고, 또 악보가 다
마르면 묶어서……

손님   제가 다 도와드릴게요! 대신 인터뷰가 끝나면. 저도
알아야 보이고, 보여야 치우고, 제가 도와야 여기가
깨끗하게 정리가 될 것 아닙니까?

남자, 하는 수 없다는 듯, 아까 연주한 기타를 들고 여자에게로 다가
온다.

주인   이 기타는 안타까운 사연을 가지고 있습니다.

손님   오.

여자는 인터뷰할 준비가 다 되었다는 신호를 보낸다. 여자, 남자의
기억 속 기타 주인이 되어 문을 두드린다. 구십 세가 넘은 할아버지 손

님이 되어 망가진 기타를 들고 있다. 딸랑, 희미한 종소리 들려온다.

주인   어서 오세요.

손님   안녕하세요.

주인   네, 안녕하십니까. 기타 고치러 오셨나요?

손님   아이고, 이걸 글쎄, 엊그제 온 손주 녀석이 망그러뜨
렸어.

주인   아, 많이 부서졌네요.

손님   에휴, 그 비석치기를 괜히 가르쳐서. 그 놀이를 한다
고 돌을 세워놓고 픽픽 쳐대다가 이 기타를 맞혔지 뭐
야.

남자는 기타의 몸체에 난 구멍을 보고 있다. 할아버지는 간헐적으로
심한 기침을 내뱉는다.

주인   그런데 죄송하지만, 기타가 이렇게 몸에 구멍이 나면
고치기가 어려워요. 전처럼 되기는 어렵다는 말입니
다. 소리도 달라집니다. 음, 새로 하나 사시는 게 좋을
것 같습니다.

손님   그게……

할아버지 손님은 우물쭈물한다.

주인   어디 불편하십니까?

손님   그게, 우리 마누라가 칠십까지 치다가 간 기타라서 말이지.

주인   아, 그러셨군요. 아내 되셨던…… 아내분이 기타를 잘 치셨나봅니다.

손님   어, 그 교사를 하다가 정년퇴임하고서는 뭐, 평생 가르치기만 했으니, 배워서 자기를 위한 연주를 하겠다고 하더니만, 아주 열심히 배우러 다녔어. 내 이런 말 하면은 늙어서 무슨 주책이냐 그러겠지만, 그 몇 년 전까지 매일 듣던 마누라 기타 치는 소리가 아직도 귓가에 맴돌거든. 그게 자기를 위한 게 아니라 날 위한 게 아니었던가, 그런 생각이……

사이.

주인   그럼, 소리는 많이 달라지겠지만, 같은 나무를 구해서 구멍을 막아볼까요?

손님   아이고, 그렇게 해줄 수 있어요? 그러면 나야 너무 고맙지요.

주인   네. 한번 해보겠습니다.

손님   아이고, 정말 고마워요. 정말. 내일 봅시다. 부탁하네.

주인   조심히 들어가세요.

여자, 나가면서 다시 문을 열고

손님   내일!

여자, 다시 문을 두드린다. 이번엔 아이의 모습이다. 한 손에 돌을
들고 있다.

주인   네, 어서 오세요.

아무도 들어오지 않는다.

주인   들어오세요.

악기 수리점 밖에서 아이 울음소리가 들린다. 남자, 문을 연다. 딸랑,
희미한 종소리가 들려온다.

손님   고쳤어요, 못 고쳤어요?
주인   어?
손님   우리 할무이 기타. 으아앙.
주인   아. 너 어제 그 할아버지 손자구나?
손님   고쳤어요, 못 고쳤어요?
주인   고쳤어. 고쳤으니까, 울지 마. 친구야.

아이는 더 크게 운다.

주인　　고쳤다니까.

손님　　고치면 뭐 해요. 우리 할부지 없는데.

주인　　어디 가셨는데? 멀리 가셨니?

아이는, 하늘을 가리킨다.

사이.

주인　　할아버지, 돌아가셨니?

손님　　할부지, 할부지……

아이, 울면서 돌아선다.

주인　　친구야. 너 이 기타 찾으러 왔잖아. 가지고 가야지.

손님　　돈, 없어요.

주인　　아, 괜찮아.

남자, 잠깐 생각한다.

주인　　할아버지가 어제 다 내고 가셨어. 얼른 기타 가지고
　　　　　집으로 가. 엄마 아빠 걱정하시겠다.

아이는 기타를 들고, 아니 낑낑대며 끌고, 울면서 걸어간다. 그 모습을 지켜보던 남자는 아이의 품에서 기타를 다시 꺼내온다.

주인   아저씨가 생각해보니까, 이거 꼭 오늘 안 들고 가도 되겠다. '다음'에 할아버지네 다시 놀러 오면, 그때 찾아갈래? 음, 키 한 뼘 정도 더 자라면.

아이는 끄덕이며 악기 수리점이 있는 골목을 빠져나간다. 이윽고 여자가 나타난다.

손님   참, 착한 악기 수리점 주인이네.

주인   아이는 오지 않았어요. 할아버지는 오실 수가 없었고요. '다음'은 없었고 그래서 여기 남겨졌습니다. 이 녀석은.

손님   고치긴 했지만, 찾아가지 못했네요. 여긴, 그렇게 약속이 어긋난 악기들이 사는 집이로군요. 악기들의 집.

여자는 기타를 품에 안고, 구음을 한다. 위로의 구음일까. 남자, 왼쪽 팔에 근육 경련을 느낀다. 녹음기 버튼을 누른다.

주인   *어긋난 약속들이 사는 집. 그 집에 몸과 숨이 어긋난 남자가 있다. 그게 바로 나다. 내 몸과 숨은 언제부터 어긋나기 시작했나. 왜. 이 집으로부터 떠나면서 시작*

된 여행의 끝에 나는 다시 집에 와 있다. 시작도 끝도 *이곳이라면 나는 왜 떠나야 했나.*

여자는 기타를 느끼다가 멈춘다. 한쪽에 잘 눕혀준다. 작은 악기들로 가득한 가구의 문을 두드려본다.

손님   이 악기 이름은 뭐예요? 소리가 좋은데요?

주인   그건 악기가 아닙니다. 그거야말로 악기들의 집이에요. 작은 악기들을 진열해두었던 서랍장이에요.

여자, 멋쩍어한다.

손님   좋은 나무인가봐요. 소리가 너무 좋은데?

검지로 슥슥 서랍장의 먼지들을 닦아서 입으로 날려본다.

손님   난 엄마한테 약속을 배웠어요. 엄마는 나에게 모든 것이 되어주기로 약속했고, 진짜 '약속'도 가르쳐줬어요.

여자가 남자의 등을 떠밀어 문밖으로 내보낸다. 남자는 여자의 엄마가 되어 나타난다. 딸랑, 희미한 종소리가 들려온다. 여자아이, 엄마의 손을 잡는다.

손님　엄마!

주인　우리 슈퍼 갔다가, 장터 갔다가 집에 들어갈까?

손님　응.

주인　오빠 과자 사서 가야 해.

손님　과자?

주인　응. 내일 학교에서 과자 파티한대.

손님　과자 파티는 뭐야? 과자 씹는 소리를 우적우적 내는 건가?

주인　어 맞지. 과자 나누어 먹는 거.

두 사람, 웃는다.

주인　어제 혼자서 갔는데 안 무서웠어?

손님　응.

주인　제니, 거기서 만났어?

손님　응, 거기 있었어.

주인　잘 만나서 다행이다. 못 만날 수도 있었어.

손님　맞아. 그냥 쭉 주차장 굴 따라 걸어갔어. 약속했으니까, 나와 있었어. 근데 제니가 다음번에 만나자고 하면서 이번에도 또, 내 손가락을 잡았어.

주인　아, 그건 '약속'하는 거야. 손가락으로.

손님　어떻게? 이렇게?

아이, 검지를 뭔가 가리키듯이 내민다. 엄마, 웃는다.

주인   어, 그리고……

엄마, 검지를 아이에게 내밀어 고리처럼 건다.

주인   이렇게.

손님   아, 이렇게 하면 약속하는 거야?

주인   응, 약속.

손님   엄마, 이다음에 어른 되면 엄마랑 살 집 내가 지을 거야. 약속해.

주인   그래, 이 약속, 엄마가 꼭 기억할게. 어른 될 때까지. 약속은 기억해야 의미가 있거든? 어느 쪽이든 잊어버리면 약속을 잃어버리게 돼. 그러니까 잘 기억해야 해.

엄마가 여자아이의 머리를 쓰다듬는다. 아이는 엄마의 손길에 끄덕인다. 아이의 검지와 엄마의 검지, 그 걸린 고리가 풀어지며 두 사람은 남자와 여자가 된다.

손님   나는 약속의 의미를 잘 알게 되었지만, 그 약속은…… 잃어버렸어요.

주인   왜요, 아직 이렇게 잘 기억하고 있는데. 언젠가 지키면 되지 않습니까.

손님   저 기타를 여기에 남겨두고 '다음'을 잊어버린 친구처럼, 우리 엄마에게 '다음'이 사라져버렸거든요.

여자는 검지를 들어 하늘을 가리킨다.

사이.

여자와 남자, 한동안 하늘을 가만히 올려다보고 있다.

손님   모든 얼굴이 그리워지는 날이네요. 오늘의 하늘은 어떤 색인가요?

주인   오늘은……

남자, 심장 가까이에 손을 올려두고 숨을 크게 들이마신다.

주인   삶과 죽음이 가깝게 느껴지는 색.

손님   악기들의 집에는 수수께끼도 삽니다.

주인   어릴 때 보았던 하늘은 너무 넓고 멀어서 어떤 날은 맑은 하늘이 무섭게 느껴지기도 했습니다. 그런데 낮과 밤이 교차하는 시간엔 하늘이 낮아지는 것만 같았어요. 지금도 저녁이 되면 모든 것이 가깝게 느껴지곤 해요. 빛깔과 냄새를 함께 풍기는 것 같은 시간, 저물녘. 그런데 저물녘이 밤으로 이어지면 다시 두려움이 찾아왔습니다. 낮과 밤은 아득히 먼 것. 어린 나는 낮과 밤이 교차하는 시간에 이르러서야 안정을 느꼈습니다. 난 그때부터 삶과 죽음을 맞닿아 있는 것이라 느끼기 시작했어요. 하늘을 가깝게 느끼는 시간이 나에겐 그때뿐이었다고 해야 할까.

남자, 고개를 떨군다. 녹슨 트럼펫, 그다음은 들풀. 그 사이로 피어 있는 작은 꽃, 그 잎의 빛깔을 차례로 본다.

주인　　내가 무슨 말을 하고 있는 건지 모르겠네요. 이 빛깔은 하늘이 가까워지는 시간에 여기에 나타나는 색. 오늘은 당신이 말한 그리운 얼굴을 볼 수 있을 것 같습니다.

남자, 트럼펫을 들어 불어본다. 고장난 소리가 악기 수리점에 울린다.

손님　　수수께끼 악기 수리점의 수수께끼 손님들.

여자는 하늘로 향해 있던 손을 거둔다. 딸랑, 희미한 종소리 들려온다.

주인　　자기 악기를 진정으로 돌볼 수 있는 나이는, 시간은, 어쩌면 정해져 있는 것 같습니다. 삶과 죽음이 가까운 나이. 그러니까, 이제 막 태어나 삶을 배워가고 있거나, 이제 막 죽음을 알아챈 나이. 둘 중 하나인 것 같아요. 젊은 날엔 귀를 기울일 만한 시간이 없죠. 여러 이유로 바쁘니까.

물방울 돋는 소리. 구석에 비스듬히 세워진 욕조 바닥에 물이 조금 고여 있다. 물방울이 톡톡, 아마도 작은 생명체의 날갯짓에 반응한 것이다.

손님   어? 이건 무슨 악기 소리예요? 청초한 소리가 나네요.

욕조에서 돋는 물방울 소리가 동굴 천장에서 떨어진 물방울 소리처럼 증폭되어 울린다.

주인   아, 그건 욕…… 음, 그건……
손님   맞아요. 물을 사용하는 악기도 있겠죠.

여자는 욕조 바닥에 고인 물과 욕조의 몸체를 그 생김과 소리를 차례로 느끼고 있다. 욕조를 악기라고 생각한다. 욕조는 아마도 남자가 가장 큰 위안을 느끼는 세상일 것이다.

손님   이건 참 큰 악기네요. 물을 사용하는 악기가 맞나요?

사이.

주인　맞습니다.

　남자는 작은 악기들이 담겨 있는 서랍장에서 작은 새 한 마리를 꺼
내온다. 여자의 손에 올려놓는다.

손님　깜짝이야.

주인　미안합…… 많이 놀랐습니까?

손님　괜찮아요. 근데 차갑네요. 뭐예요?

주인　악기예요. 물을 사용하는 악기.

손님　아, 참 작네요. 이게 무슨 모양이지? 음. 어? 아!

　사이.

손님　새다!

　남자는 새 모양을 한 작은 악기에 물을 담아 숨을 불어넣는다. 새소
리가 악기 수리점에 울린다.

손님　아침을 깨우는 소리. 아름다워요.

주인　도자기로 만들어진 악기의 몸통에 물을 반쯤 채워넣
　　　　고, 여기에 입을 대고 후 숨을 불어넣는 겁니다. 그러
　　　　면……

여자, 남자의 안내대로 악기를 다루어본다. 새소리가 악기 수리점에
울린다.

손님   와, 신기해요. 어떻게 새소리를 새의 모양에 담았을까.
        소리에 몸을 담은 걸까, 몸에 소리를 담은 걸까.

두 사람, 새의 몸을 한 도자기에 연신 숨을 불어넣는다. 저녁이 온
다. 숨을 들이쉬고, 내쉰다. 저녁의 냄새를 느낀다.

주인   사람들은 왜 새가 운다고 말할까요. 새는 이렇게 아름
        답게 저녁을 불러오는데.

손님   처음 새소리를 들은 사람이 울고 있었나보네요.

두 사람은 함께 시간이 흐르는 것을 느끼고 있다. 사이. 남자, 욕조
를 바라본다.

주인   저기 물을 담아 사용하는…… 큰 악기는 몸을 소리에
        담는 악기인 것 같아요. 물방울 돋는 소리에 몸을 담
        그는 악기. 저 악기를 연주하고 있으면 외딴 세상에
        와 있는 것 같은 안정을 느껴요. 오롯이 혼자인 시간
        을 느끼는 겁니다.

손님   지금 연주해주실 수 있나요?

주인   애석하게도 저 악기는 자신이 연주하는 소리를 자기

밖에 못 들어요. 저 악기에 물을 반쯤 채우고 몸을 온전히 물속 깊숙이 넣을 때, 악기는 가득 차오릅니다. 소리는 밖으로 빠져나오지 않고 물속에 잠겨요. 그 소리를 물속에 잠겨 있는 연주자 자신만이 들을 수 있습니다. 온전한 몸과 물의 연주는 단순한 음률 속에서 가장 내밀한 이야기를 들을 수 있게 해줍니다.

손님 그런 악기도 있었군요. 저도 꼭 다룰 수 있게 되면 좋겠어요. 저 친구는 이름이 뭐예요?

사이.

물방울 돋는 소리. 아마도 반딧불이의 비행. 반딧불이의 꽁무니에 불빛이 켜진다. 하나, 둘. 셋, 넷, 다섯…… 수가 점점 늘어나며 물방울들의 비행 소리. 여자는 물방울 돋는 소리를 타고 구음을 뱉는다. 남자, 몸의 어딘가가 저려옴을 느낀다. 그러나 어디서부터인지 알 수가 없다. 당황스러운 낯빛으로 녹음기 재생 버튼을 누른다.

주인 여행의 반환점에서 만난 스위스 사망 조력자. 그 사람의 이름을 기억한다. 마리아. 그는 자신이 '조력'한 환자들의 눈을 기억한다고 했다. 약물을 목으로 넘기고 나면, 이내 질문에 대한 답을 멈추고 눈을 감는다고. 눈꺼풀이 떨리며 경련을 일으키는 사람도 있고, 눈을 치켜뜨는 사람도 있다고 했다. 마지막까지 그들이 보고 싶어한 것은 무엇일까.

경련 반응이 사라지고 깊은 혼수상태에 빠지는 과정
을 가만히 지켜보다가 마리아는 잠시 밖으로 나간다
고 했다. 맥박이 느려지고 더이상의 숨이 느껴지지 않
는 고요는 환자 자신이 오롯이 느껴야 할 삶의 마지막
과정이라고 했다.

반딧불이들의 비행이 멈춘다. 여자의 구음도 멈춘다.

정적.

주인　이름을 잊어버렸네요.

손님　무슨 악기 수리점 주인이 악기 이름을 잊어버려요. 안
　　　되겠네.

사이.

주인　나.

손님　네? ……'그대'요?

주인　'나'였던 걸로 기억이 납니다.

사이.

손님　'나'라…… 저 악기의 주인이 매우 궁금해지네요. 아,
　　　보고 싶다!

사이.

손님　'다음'에는 우리가 이름을 지어봅시다.

여자, 남자를 흉내내면서 악기 수리점을 떠날 채비를 한다.

손님　밤이 더 가까워지고 두려움이 몰려오기 전에 저
　　　는……

주인　주인은 접니다.

손님　응?

주인　저 악기의 주인은 접니다.

손님　아……!

사이.

손님　그럼 이 악기 주인의 얼굴은 지금 '볼' 수 있겠네요.
　　　제가 '그대'의 얼굴을 '보아도' 될까요?

여자의 손이 남자의 얼굴을 쓰다듬을 때마다 남자의 긴장한 숨소리
가 함께 흐른다. 손과 숨은 함께 춤을 추는 듯하다. 여자는 남자의 얼굴
에서 음률을 느끼는 것일까, 구음을 시작한다.

주인 마리아는 내 정신이 온전한지 물었다. 그리고 나 스스로 약물을 들이켤 수 있는 상태인지 확인했다. 스위스에 가기 전에 작성했던 서류의 모든 사항을 그는 철저히 들여다보고 재차 질문했다. 그의 손에 들려 있던 약물의 컵을 내 손으로 옮기며 마지막으로 물었다. 가족들의 압박 또는 권유 또는 설득이 있었는지. 나는 대답하지 않는 것으로 나의 고독을 증명했지만, 그는 다른 의미로 받아들였다.

마리아는 내 손에서 약물을 거둬갔다.

여자, 남자의 얼굴 탐색을 마친다. 남자의 얼굴에서 손을 뗀다.

손님 이제 눈 감고도 그대의 얼굴을 그릴 수 있겠어요. 오늘 내 꿈 목록에 하나 더 추가합니다. 초상화를 그리는 화가!

남자가 눈을 뜨려고 한다.

손님 아직 눈 뜨지 말아요.

여자는 남자의 숨소리를 가만히 듣는다. 남자의 숨소리를 따라 구음을 낸다. 그러다가,

손님   보는 것을 멈추면 듣게 돼요.

여자의 발소리가 멀어지며 구음이 계속된다.

주인   *보이는 것이 멈춰져도 듣는 것은 계속된다. 그리고 마지막 순간, 숨이 빠져나간 몸에도 소리는 남아 있을 것이다. 밖으로부터 들려오는 소리를 머금은 악기. 그것이 몸의 최후인 것이다.*

먼 곳에서 여자의 구음이 말로 변해 들려오며 여자의 몸이 다시 남자와 가까워진다.

손님   그러니까 이제 이것들은 그만 집어넣고, 지나간 것들을 그만 보세요. '그대' 앞에 있는 제 악기를 봐주세요. 지금 고쳐야 할 것은 바로 이거예요. 다음에 오면, 그땐 꼭 고쳐놓으셔야 해요. 약속.

주인   *'어느 날'의 다음번, 당신이 다시 왔을 때, 나는 이곳에 없었으면 좋겠다. 스위스에서 만난 마리아, 그가 말했다. 존엄사를 위한 약물을 삼키면 곧 차분해지고, 눈을 뜨고 조용히 앉아 있다가 아주 천천히 눈을 감게 된다고 했다.*

남자는 주저한다. 녹음기의 재생 버튼이 눌러졌다.

주인　　*볼 수 없는 악기를 어떻게 고칠 수 있단 말인가.*

여자, 검지를 들어 남자를 가리킨다. 남자는 한참을 머뭇거린다. 여자가 아무 말도 아무 미동도 없이 계속 검지를 든 채 기다리고 있다. 남자는 힘겹게 검지를 들어 여자의 손가락에 건다.

4

숨—오늘의 소리가 존재하는 시간

남자, 악기 수리점 화단을 계속 맴돌고 있다. 밖에서 보기에는 맴도는 것이지만, 그는 지금 쉬기를 원치 않아, '걷기'를 하는 것이다. 계속과 다음의 경계에서. 남자, 녹음기의 녹음 버튼을 누른다.

주인   *걷자. 걷는 수밖에는 없다. 스쳐가는 감정을 무엇이라 부를 수도 없으니 명명하지 말고 털어버리자. 이름 부를 수 없으면 멈춰 세울 수 없…… ('없다'라고 말하려는 입술, 모양이 바뀌며) 없을 수도 있다. 그러다 어느 날 들풀이 불에 타오르듯 바람과 함께 가슴에 일렁이는 날엔 소리를 지르자. 그러면 누군가 내 목소리를 들은 사람이 멈춰 설 것이다.*

멀리서 번쩍. 하나, 둘, 셋. 톡, 토도독, 소나기가 쏟아지기 시작한다. 남자는 입을 아, 벌리고 빗물을 받아먹는다. 바지춤에서 약통을 꺼

132

내어 알약 한 알을 빗물과 함께 삼킨다. 비와 함께 어디선가 여자의 구음 소리가 들려온다. 남자, 돌아본다. 여자는 보이지 않는다.

주인   최근 몇 년 사이, 말기 불치병 환자가 자신의 삶을 끝내는 선택을 하는 과정에서 수십 년 동안 사용한 두 가지 약물의 사용이 중단되었다. 존엄사의 조력자가 가해자가 될 수 있다는 이유에서였다. 환자 스스로 약을 삼킬 수 있을 때 복용해야 한다는 조건이 명시되어 있는 약. 이것을 약이라고 불러도 될까? 이 작은 가루 덩이가 삶의 고통을 끊어낼 수 있다면, 내 삶에서 내가 스스로 할 수 있는 것이 아무것도 없다는 이 무기력에서 벗어날 수 있게 해준다면, 약이라 불러도 괜찮지 않을까?

알약이 남자의 목을 타고 몸으로 들어오는 과정을 온전히 느끼듯이 한동안 남자는 고개를 하늘로 들고 멈춰 서 있다. 알약은 발끝까지 남자의 감각세포를 깨우는 중이다. 남자는 몸의 모든 근육을 세밀하게 밀고 당긴다. 가슴, 어깨, 복부, 허리, 팔, 다리. 다음은 손가락. 두 손을 모두 빛에 넣어 엄지손가락 부근의 근육을 오므렸다 펴기를 반복하다가 한 손으로 몸을, 몸의 근육을 쓰다듬는다. 가슴, 어깨, 복부, 허리, 팔, 다리. 다음은 손가락, 발가락, 얼굴. 그리고 심장, 심근을 확인한다. 남자는 악기 수리점 안으로 들어간다.

어느 사이일까. 여자는 창밖에 서 있다. 남자와 아주 똑같은 움직임으로 온몸의 감각세포를 깨우고 있다. 악기 수리점의 화단 앞에서 거세게 내린 소나기를 온몸으로 맞은 채.

얼마의 시간이 흐른 후, 비는 그친다.

똑, 또독. 비가 그치는 소리일까, 욕조에 물방울이 돋는 소리일까. 창밖에서, 동굴 천장에서 떨어진 물방울 소리처럼 증폭되어 울린다. 남자는 가만히 눈을 감고 비가 그쳐가는 소리를 듣다가 벌떡 일어나 창밖을 내다본다. 비에 젖어 있는 여자를 발견한다.

주인   들어오지 왜 거기 서 있어요? 감기 듭니다. 어서 안으로 들어와요.

손님   혹시 우리……

여자는 악기 수리점 안에 있는 남자를 돌아본다.

손님   이곳이 아닌 어디에선가 다시 만날 수 있을까요? 낯선 곳에서요.

주인   불편하지 않겠어요?

손님   불편은 무엇으로 시작되죠? 전 '그대'와 함께라면 불편하지 않을 것 같은데요? 왜냐면……

여자가 어딘가에 걸려 넘어진다. 땅에 닿기 전에 남자가 달려나와 여자를 받친다.

손님　이렇게 날 항상 보고 있을 테니까.

주인　위험해요.

손님　위험했어요. 하지만 다치지 않았잖아요. 마음이 잠시 덜컹하긴 했지만.

손님　어디에서 만날까요? 음, 어디 가고 싶은 곳 있어요? 한 번도 못 가본 곳이나, 궁금한 곳 있어요?

주인　얼마 전에 스위스에 다녀왔고, 그 여행의 끝에 당신을 만났고, 이제 궁금한 곳은 없습니다.

손님　전 있어요.

남자, 여자를 본다. 침묵.

손님　듣고 있어요?

남자, 여자에게 좁힐 수 없을 만큼 가까이 다가선다. 남자에게 여자는 궁금한 곳이었을까. 여자는 남자의 인기척을 느끼고 얘기한다.

손님　여기에서 가장 먼 곳!

사이.

손님　지구 반대편에 내 희망이 있어요. 난 이미 그대의 얼굴을 알지만, 조금 다를 수도 있잖아요. 이제 내가 그린 그림이 맞을지, 확인할 수 있어요.

사이.

주인   어디로 갑니까? 지구 반대편.

손님   브라질이요. 내 눈을 뜨게 해줄 사람을 찾아서.

주인   언제 떠납니까.

손님   언제나 오늘이죠. 언제나 출발은 오늘. 오늘이 좋아요. 악기를 찾으러 왔어요. 내 악기 없이는 어디에도 갈 수 없거든요.

주인   ……

손님   오늘은 '미루기 없기'예요. 아니 미룰 수 없어요. 이제 우리에게 '다음'은 없을 수도 있으니까.

침묵.

손님   그런데 왜, 슬프죠?

주인   슬픕니까?

손님   네, 왜 슬픈지 모르겠네요. 눈을 뜰 수 있다는 가능성 때문인 것 같아요.

주인   그런데 왜, 슬프죠?

정적.

손님   이제 다 고쳐졌겠죠? '그대'는 훌륭한 악기 수리공이니까.

주인   날 믿습니까?

손님   믿어요. 믿지 않고는 여길 떠날 수 없는걸요. 나의 악기와 나는 늘 동행해야 하니까.

여자, 두 손을 펼치고 품을 열어 보인다.

손님   자, 저의 악기를 주세요.

여자는 손을 더듬어 남자를 확인한다. 남자를 한 바퀴 빙 돌아 반대편에 선다. 고개를 끄덕인다.

손님   외관은 훌륭하네요. 연주해볼까요?

남자는 주춤 뒷걸음을 친다.

여자, 곁에 두었던 악기를 소중히 품에 안고 악기를 연주하기 시작한다. 여자의 구음과 함께, 여자가 실명했던 날, 일어났던 상황의 음성과 소리가 들려온다. 그리고 곧 이 소리는 남자와 나눈 대화 속 발견과 웃음소리, 기쁨의 순간들과 뒤섞여 현악, 관악, 타악, 그 모든 소리를 망라한 슬픔의 뭉텅이를 밀어내고 환희로 굴러나온다. 여자의 품으로

부터.

이 모든 소리는 남자의 신음과 고통과 내면의 소리와 섞인다. 그 슬픔을 안고 여자는 계속 구음으로 '오늘'의 소리들을 불러온다. 남자는 온몸의 가장자리로부터 시작되는 저림을 느끼는 중이다. 아마도 몸을 지배해오는 아픔을 천천히 감당하는 중일 것이다. 천상의 소리와 같이 '끊임없이' 계속되는 연주 속에서 이제 여자는 구음을 멈추고 숨을 쉬기 시작한다.

손님   악기가 다 고쳐졌네요. 이제 내게 이 악기는 필요 없어요. 내게 이 선율이 영원히 머물 테니까요. 어긋난 '약속'들처럼 이 악기를 여기, 악기들의 집에 맡겨둘게요.

호흡을 마시고 뱉으며, 악기를 다룬다. 그 숨을 남자에게 전한다.

손님   당신은 천상의 악기 수리공. 이 악기를 다루는 법에 대해 알려줄게요. 비를 두드리듯이 두드려야 해요. 숨을 쉬듯이 숨을 불어넣어야 해요. 사랑하는 사람을 매만지듯이 짚어줘야 해요.

연주가 끝나고, 남자의 신음도 끝이 난다.

정적.

남자의 앞에 여자 마주 선다. 남자와 여자가 만난 이후 처음으로, 시선을 마주한다.

손님   난 당신을 보고 있나요?

주인   난 당신을 봅니다.

여자는 시선을 약간 비튼다.

손님   '다음', 내가 당신을 볼 수 있을까요?

딸랑, 희미한 방울 소리와 함께 여자가 문을 연다. 아마도 이곳을,
악기 수리점을 떠나는 중이다. 화단의 들풀들이 바람과 함께 일렁인다.

손님   겨울에 식물들은 꼭 죽은 것 같잖아요. 그런데 이듬해
           봄이 되면 또다시 새싹을 피우잖아요. 우리도, 사람도
           그런 거 아닐까요? 계절을 돌고 돌아 피고 지는 존재.
           지구 반대편에서 눈을 뜨면, 무엇인가를 다시 볼 수
           있게 되면, 그 계절은 봄이었으면 좋겠어요. 죽음과
           같은 계절을 지나온 생명들을 마주하고 싶어요.

여자, 깊이 숨을 들이마신다. 남자를 돌아보지 않는다. 뒷모습만으
로 안녕을 말하는 중이다.

손님   희망 같은 걸까요?

사이.

손님 언젠가 우리 이곳이 아닌 어디에선가 다시 만날래요?

사이.

손님 낯선 곳에서요.

사이.

손님 왜 다른 언어를 쓰는 많은 나라가 모두, 만날 때와 헤
어질 때 같은 발음을 쓸까요? 안녕. 그게 무슨 이유든
난 이 말이 좋아요. 만남과 헤어짐은 서로 반대편에
있는 의미이지만, 그래서 가장 먼 곳에서 만날 수 있
는 거니까.

사이.

손님 정말 고마웠어요. 나의 악기 수리공. 그럼 안녕히. 그
대. 부디.

여자, 아무 소리도 내지 않고 입 모양만으로, 숨, 소리만으로 인사한다.

손님   안, 녕.

남자는 여자의 모습이 완전히 사라지기까지 그대로 서 있다.

5
이름 없는 소리가 남겨진 시간

남자, 욕조를 닦고 있다. 천천히, 시간을 어루만지는 듯이. 공들여 욕조를 닦은 후, 가만히 들여다본다. 아마도 자신의 내면을 응시해보는 것이리라. 다른 악기를 연주하다가 여자의 목소리를 떠올린다. 아무것도 들리지 않는다. 남자는 녹음기 재생 버튼을 눌러본다. 남자의 목소리는 없고, 여자의 목소리만이 흘러나오는 녹음기. 가만히 윗도리 주머니에 넣는다. 남자는 눈을 감는다. 소리. 소리. 소리와 소리. 소리들.

손님　……당신은 천상의 악기 수리공. 이 악기를 다루는 법
　　　에 대해 알려줄게요. 비를 두드리듯이 두드려야 해요.
　　　숨을 쉬듯이 숨을 불어넣어야 해요. 사랑하는 사람을
　　　매만지듯이 짚어줘야 해요. 숨을 마시는 것도 내쉬는
　　　것도 아닌 정지의 상태, 그때 이 악기는 가장 고운 천
　　　상의 소리를 내요.

손님　　보는 것을 멈추면 듣게 돼요.

멀리서 들려오던 소리가 가까이에 와 있다. 남자. 악기가 보인다. 악기는 여자의 형상을 하고 있다. 여자 그 자체이다.

주인　　보인다. 악기가 보인다.

그러나 '숨'이 없다. 헝겊 인형처럼 늘어진 여자를, 악기를 고치려 할 때처럼 살펴본다. 악기의 몸을 눕혔다가, 일으켜세웠다가, 고개를 좌로, 우로, 위로, 아래로, 팔과 다리를 사방으로…… 악기는 살아나지 않는다. 남자는 녹음기를 꺼버린다. 녹음기를 꺼내어 멀리 팽개친다. 남자는 자신의 내면에서 나오는 여자의 소리를 따라 악기를 다루어본다. 남자, 눈을 감는다.

주인　　당신은 천상의 악기 수리공. 이 악기를 다루는 법에 대해 알려줄게요. 비를 두드리듯이 두드려야 해요. 숨을 쉬듯이 숨을 불어넣어야 해요. 사랑하는 사람을 매만지듯이 짚어줘야 해요.

남자의 내면의 소리와 함께 악기는 깨어난다. 불어넣은 숨과 숨은 서로를 비춘다. 내면의 소리가 신음에서 아름다운 선율로 바뀌어 흘러나온다.

주인, 손님　　숨을 마시는 것도 내쉬는 것도 아닌 정지의 상태,
　　　　　　　　그때 이 악기는 가장 고운 소리를 내요.

영원히 기억될 멜로디가 계속 연주되고 있다. 남자와 악기는 영원히
멈추지 않을 호흡을 주고받고 있다. 숨과 숨을 내뱉고 마시고 멈추고.
연인의 키스와 같이 아름다운 숨과 숨의 만남. 연인의 정사와 같이 언
어가 없는 만남. 남자는 슬프도록 아름다운 고통을 느낀다.

주인　　나는 어쩌면, 악기를 잘 다룰 수 있는 사람이었구나.
　　　　점처럼 미세하게 내 몸에 박혀 있는 작은 기쁨을 본다.
　　　　그러나 그날이 왔다. 내 삶을 내가 결정해야 할 때, 죽
　　　　음을 삶으로 인정해야 할 때, 먼 여행을 떠나갔을 때,
　　　　다른 사람의 손과 누군가 만들어놓은 값싼 가루에 의
　　　　지해 내 생을 마감할 수는 없었다. 이곳은 나의……
　　　　집, 나와 생을 함께한 이 악기들 곁에서 내 생을 마감
　　　　하고 싶다.

남자는 악기 수리점의 모든 악기와 물건을 밖으로, 밖으로 밀어낸
다. 여자의 악기도. 모든 물건을 시선의 밖으로 끄집어낸다. 바람이 화
단의 들풀과 작은 날개들을 휘몰아친다. 바람을 비집고 마지막으로 욕
조에 끈을 묶는다. 병들어가는 자기 몸의 근육들을 감각하는 것보다 더
힘겹게, 끌어내려 한다. 그러나 이내 멈춘다.

악기 수리점 안에는 남자와 욕조뿐, 아무것도 없이 비어 있다. 화단

의 들풀도 모두 시들고 없다. 텅 빈 이곳에는 소리도 미동도 없이 적막만이 감돌 뿐.

어디선가 물방울 듣는 소리가 난다.

남자는 다시 욕조를 어깨에 메어 끌고 나온다. 느린 걸음으로. 한 걸음씩 땅을 밟으며 욕조를 옮기고 있다. 여전히 눈을 감은 채로. 어쩌면 눈을 뜨지 않은 채로.

남자가 원하는 자리에 욕조를 내려놓고 오랫동안 천천히 악기 수리점과 화단 주변을 시선으로 매만지고 있다. 남자는 결심한 듯 욕조에 물을 채운다. 한 번, 두 번, 세 번, 네 번, 다섯 번…… 욕조에 물빛이 찰랑 차오르기까지 붓는다.

욕조에 물빛이 일렁인다.

남자는 신발을 신은 채로 욕조에 발을 담근다. 무릎에 찰랑이는 물소리를 가만히 듣는다. 갑작스러운 근육의 수축과 함께 몸이 욕조 속으로 미끄러져 들어간다. 남자의 숨이 가쁘다. 가슴까지 찰랑이는 욕조에 간신히 몸을 기댄다. 욕조의 물은 넘치지 않는다. 다만 남자의 움직임에 동요할 뿐이다. 남자는 몸의 근육이 모두 이완되기까지 시간을 잠잠히 기다린다. 몸이 완전히 그의 것이 되었을 때, 남자는 물속으로 얼굴을 담근다. 비로소 물이 욕조 밖으로 흘러넘친다.

욕조는 불투명에서 투명으로 몸을 바꾼다. 곧 그 남자가 된다. 물과 욕조와 남자가 하나가 된다. 남자는 미동하지 않는다. 어쩌면 눈을 뜨지 못한 채로.

악기 수리점은 고요를 되찾는다. 열, 아홉, 여덟, 일곱, 여섯, 다섯, 넷, 셋, 둘, 하나. 악기 수리점과 악기 수리점을 바라보는 모든 시선이

이 지구상에서 남자의 숨이 사라졌을 것이라 예상하는 시간쯤이 흘러간 뒤, 반딧불이들이 하나둘 남자의 욕조 주변에 날아와 앉는다. 깜빡깜빡 점멸하며 날아올랐다가 비행하기를 반복한다. 잠시 뒤,

　　남자는 욕조에서 숨을 가득 머금은 채로 물의 표면을 뚫고 나온다. 숨과 함께. 반딧불이를 향해 손을 뻗는다. 빛으로, 빛으로. 남자의 눈은 이제 눈꺼풀을 벗어났을 것이다. 아마도. 어디선가 남자 내면의 목소리가 들려온다.

손님　　겨울에 나무는 꼭 죽은 것 같잖아요. 그런데 이듬해 봄이 되면 또다시 새싹을 피우잖아요. 우리도, 사람도 그런 거 아닐까요?

이곳의 마지막 밤, 간판을 비추는 노란 불빛은 반딧불이의 춤일까? 반딧불이의 숨일까. 간판은 여전히 이름 없이 비어 있는가. 혹은 '여기에서 가장 먼 곳'이라고 쓰여 있을까. 수천 쌍의 반딧불이들이 춤을 춘다. 악기 수리점을 가득 메운다. 비행의 날갯짓이 음악처럼 들려온다.

암전.

숨―여기에서 가장 가까운 곳

김선율(배우·극작가)

「숨―여기에서 가장 먼 곳」의 시작은 어느 비 내리던 봄밤이라고 했다. 툭. 툭. 떨어지는 빗소리와 귀를 간지럽히는 바람 소리, 바스락거리는 잎사귀들과 모르는 이들의 웃음소리, 멈추고 싶지 않은 듯 끼익거리는 차 소리와 딸랑, 열렸다가 금세 닫혀버리는 가게 문소리. 그날, 빗소리로 시작된 그 모든 소리가 마법처럼 지난 과거를 '지금, 여기'로 불러왔다고 했다. 언니 있잖아. 어떤 소리는 시간을 불러올 수 있어. 다신 볼 수 없을 거라 생각했던 이가 눈앞에 아른거리고, 그 소리가 내 귀를 울리더니 함께 숨 쉬는 것처럼 느껴졌어. 여기에서 가장 먼 곳은 어쩜, 가장 가까운 곳이야.

소리는 음악이 되고 소리를 내는 모든 건 악기이니, 우리도 악기라 했다. 숨을 마시고 내쉬는 신비로운 악기. 언니 있잖아. 누군가의 숨을, 소리를, 음악을 기억하고 나누는 게 삶이 아닐까?

서로의 숨을 느끼고, 소리를 담고, 음악을 나누는 것만으로도 삶은 더없이 충분하잖아.

무대는 거대한 그랜드 피아노로 만들어 세우기로 했다. 비스듬히 열린 피아노 뚜껑은 악기 수리점의 지붕이 되고, 보면대는 수리점의 미닫이문이 될 것이었다. 남자와 여자의 숨이 눈에 보일 수 있게 비닐 커튼을 내리고, 가득 쌓인 악기들은 모두 종이로 만들자고 했다. 비가 내리면 비를 거두어버리는 아주 두꺼운 종이로.

언니! 밥부터 먹자. 밥 거르는 거 아니야. 고된 하루였다. 고됨도 사랑한다며 깔깔 웃었다. 김이 모락모락 올라오는 갓 지은 쌀밥 냄새를 맡으며, 고되고 허한 이 마음 따뜻한 밥으로 데우자 했다. 누가 먼저랄 것도 없이 뜨거운 밥을 한입 크게 넣고는 삼키지도 못하고 깔깔 웃었다. 언니 있잖아. 한번 데워진 마음은 쉽사리 식지 않는대.

대본에 마침표를 찍으며 '손님'을 연기할 배우를 고민했다. 뭘 고민해? 네가 있잖아. 대본 속 침묵과 사이, 정적을 가장 잘 표현할 수 있는 배우는 다름 아닌 선옥이었다. 본인이 쓴 작품의 주인공은 부담스럽다며 손사래 치더니 선옥은 어느새 최고의 캐스팅이라며 깔깔 웃었다. 마주 보며 한참 웃었다.

그 웃음이, 그 소리가 지금도 여기 있다. 그의 모든 글에, 가장 가까운 곳에 머물러 있다.

무대는 사라짐이라, 머무르지 않음이라 사랑한다 했지. 그 사라짐이 너무도 우리 삶 같잖아. 그러니 그토록 머물러주는 글을 사랑하지 않을 수 없다 했지. 그 간절함이 너무도 우리 삶 같잖아.

너의 이야기가 우리를 채우는 동안, 얼마나 많은 해와 달이 산을 넘었는지, 얼마나 이 몸이, 내 숨이, 가난한 꿈이 벅찼었는지 어떠한 소리로 말로 글로 침묵으로도 표현할 수가 없다.

어떤 소리는 시간을 불러올 수 있다고 했지. 그때도 지금도 그 말을 믿는다.

손님   숨을 마시고 숨을 내쉬어요.

아, 여기에 있구나. 그렇게 나를 생각해요.

가장 당신다운 모습으로 살 수 있을 거예요.•

• 주선옥의 '숨—메모와 짧은 단상'(2023년 5월 31일) 중 발췌. 희곡에는 들어가지 않은 대사이다.

곧 거울이 깨질 시간●

남지은(시인)

어디에 있었어

쭝긋 내민 입술을 제자리로 가져가면서

두 글자를 발음할 때

그러니까, 우리가 우리를 우리라고 부를 때 말이야

얇은 입술을 떨어뜨리면서

아주 살짝 낮아진 온도를 느껴할 때

유난히 해가 늦게 뜬 아침

지나가는 길이었어

너를 보러 일부러 여기까지 온 건 아니야

묻기도 전에 답하는 작은 신을 바라보면서

이내 꼭 안아주면서

기뻐할 때, 우리가 우리를 비로소 마음에 들어할 때
어디 있다 이제 왔어

되돌아가지 말고
붙들리지 말고

깊은 서랍에 잠들어 있던 편지를 꺼내 읽어 내려갈 때
지난 우리가 지금 우리에게
들려주려 한 메시지를 찾아 읽을 때

생일이 든 겨울이 가고 기일이 든 봄이 와

해가 들고 하얀 바탕
배경이 없는 그림 속으로 걸어 들어가는

그러니까 둘은

보기 좋았어

좋았어

빛났어

- 시의 제목은 주선옥이 생전에 남긴 메모(2023년 1월 28일)에서 빌려왔다.
  주선옥의 메모는 이 책에서 시 「고아의 잠」으로 다듬어졌다.
- ● 《문학들》 2025년 봄호에 발표함.

주선옥

1986년 1월 8일 서울 창동에서 태어났다. 강남대 재학 시절 '시나락'이라는 작은 시창작 모임에서 시를 쓰기 시작했다. 많은 시와 희곡 작품, 노랫말 등을 꾸준히 쓰며 서른여덟의 생을 시인, 극작가, 배우로 살았다.

2008년 연극배우로 데뷔하여 〈하카나〉 〈안개여관〉 〈락앤롤 맥베스〉 〈늑대는 눈알부터 자란다〉 〈더 하녀들 쇼〉 〈내 아이에게〉 〈밥을 먹다〉 〈고백의 제왕〉 〈시간 밖으로〉 〈소년소녀 모험백서〉 등에 출연했다. 2014년 「너를 읽다」로 극작 활동을 시작해 「소년소녀 모험백서」 「다락─굽은 얼굴」 등을 썼으며, 「다락─굽은 얼굴」은 제8회 무죽페스티벌에서 작품상을, 「소년소녀 모험백서」는 제8회 청소년을 위한 공연예술축제에서 청소년이 뽑은 최고 작품상을 수상했다. 한국독서문화예술공작소 '공작' 대표로, 독서와 연극을 기반으로 한 교육 프로그램, 청소년을 위한 독서토론 및 독서캠프, 독서공연 등을 전국 각지에서 진행했다.

2024년 4월 4일 연극 연습 도중 뇌출혈로 쓰러져 닷새 뒤인 4월 10일 장기기증으로 일곱 명의 생명을 살리고 세상을 떠났다.

꼭 안아주기

주선옥 지음

발행처   도서출판 청어

발행인   이영철

영업   이동호

홍보   천성래

편집   김행숙 남지은 이설빈

디자인   이은하

제작이사   공병한

인쇄   두리터

등록   1999년 5월 3일

(제321-3210000251001999000063호)

1판 1쇄 발행   2025년 3월 30일

주소   서울특별시 서초구 남부순환로 364길 8-15 동일빌딩 2층

대표전화   02-586-0477

팩시밀리   0303-0942-0478

홈페이지   www.chungeobook.com

E-mail   ppi20@hanmail.net

ISBN   979-11-6855-326-2 (03810)